SOUVENIRS

DE

LA GUERRE

POÈME FRANÇAIS

PAR

AUGUSTIN POLLET

(DE LA BASSÉE)

Membre du Caveau de Paris.

TIRÉ A 105 EXEMPLAIRES.

Prix : 2 Francs.

LILLE

IMPRIMERIE CAMILLE ROBBE,

Rue Notre-Dame, 209.

1871

DU MÊME AUTEUR :

Dans un sentier, Comédie en un acte, en vers.

Le triomphe d'une impure, Drame en un acte, en
vers.

SOUVENIRS

DE LA GUERRE

SOUVENIRS

DE

LA GUERRE

POÈME FRANÇAIS

PAR

AUGUSTIN POLLET

(DE LA BASSÉE)

Prix : 2 Francs.

LILLE

IMPRIMERIE CAMILLE ROBBE

Rue Notre-Dame, 209.

1874

DU MÊME AUTEUR :

Dans un sentier, Comédie en un acte, en vers.

Le triomphe d'une impure, Drame en un acte, en vers.

SOUVENIRS

DE

LA GUERRE

POËME FRANÇAIS

PAR

AUGUSTIN POLLET

(DE LA BASSÉE)

———

Prix : 2 Francs.

———

LILLE

IMPRIMERIE CAMILLE ROBBE

Rue Notre-Dame, 209.

1874

A

THÉODORE DE BANVILLE

LA MUSE DU POÈTE.

A mon Ami Gustave ROUSSELOT.

Préside, Terpsichore, à la danse ; Erato,
Apprends, aux amoureux, comme on aime ; Uranie,
Révèle, aux studieux, le ciel bleu ; Polymnie,
Cherche, pour tes accords, un clair et pur écho ;

A la scène, Thalie, offre l'imbroglio ;
Melpomène, descends sur le front du génie ;
Dis aux forêts, Euterpe, un chant plein d'harmonie ;
Que le sage, par toi, songe au passé, Clio !

Et toi, chante la gloire aux héros d'un autre âge,
Calliope ! Aujourd'hui, je n'ai pas le courage
D'invoquer vos accents, Muses, reines du chœur !

Quand je vois triompher la sombre barbarie,
Quand je vois mon pays souillé par un vainqueur,
Je n'aime pas ta voix, muse de la patrie !

NOUS NE VOULIONS PAS LA GUERRE

Malheur à qui voudra plaire à la barbarie
Ivre et puissante encor de nos derniers revers !
Que maudits à jamais soient les hommes pervers
Dont la langue infernale accuse la patrie !

Nous ne redoutons pas d'aller à la tuerie :
On nous y voit toujours ardents, loyaux et fiers ;
Nous savons supporter les plus rudes hivers
Sans que l'un d'entre-nous faiblisse et se récrie ;

Nous aimons le danger, la poudre, le tambour ;
Mais nous préférons tous la concorde, l'amour,
Le calme et le travail, ce bonheur du vulgaire !

Le soleil de juillet brille, chantons-le... Mais
La guerre est déclarée... Alors, vive la guerre !
Vivent les combattants qui ne pleurent jamais !

DÉPART DU SOLDAT.

Comme les roulements belliqueux du tambour,
Les chants de la trompette et du clairon sonore,
Enivrent le soldat du drapeau tricolore
Quand le Dieu de la guerre apparaît au grand jour !

L'allouette joyeuse en vain chante l'amour :
Le désir de combattre en héros le dévore !
C'est en vain que du ciel l'astre radieux dore
Les blés mûrs ! il ne voit que le Rhin et Strasbourg !

Il est persuadé que la Prusse insolente
Vient de faire à la France une injure sanglante ;
Il dit à pleine voix : la vengeance ou la mort !

Le cœur plein de colère, en proie aux sombres fièvres
De la haine, équipé pour un puissant effort,
Il part, d'un pied léger, la Marseillaise aux lèvres !

AU DIEU DE LA GUERRE.

Dieu Mars, divinité fatale et meurtrière,
Enfant impétueux de la fière Junon,
Le plomb du chassepot et le fer du can..n
Vont t'ouvrir une vaste et fertile carrière !

Le clairon, le tambour, la trompette guerrière,
Préludent par leurs sons à des luttes sans nom.
L'heure approche ; arme-toi ; sois notre compagnon,
Dieu de sang ! que la mort soit notre avant-courrière !

Comme tu jouiras en voyant nos fureurs
Dépasser les anciens en sanglantes horreurs,
Immortel ennemi du calme et de la vie !

Comme tu rugiras de joie et de plaisir,
Dans le duel immense auquel on te convie,
Quand tu verras le sang répondre à ton désir !

ATTENTE.

Le soleil de l'été rayonne ; il va dissoudre
Les nuages errants dans les airs amassés :
On dirait que les cieux, loin d'être courroucés
De nos actes futurs désirent nous absoudre.

Nous croyons respirer l'âcre odeur de la poudre :
Des parfums de la fleur les vents sont traversés !
Le bruit retentissant de nos pas cadencés
Présagent seuls encor les éclats de la poudre.

Va-t-on nous faire attendre ainsi longtemps encor ?
Est-ce pour l'étouffer qu'on ouvre notre essor ?
L'Allemagne va-t-elle être exempte d'alarmes ?

La frontière étrangère est si proche de nous.
Le repos est si lourd aux Français sous les armes.
Qu'il vaudrait mieux donner que d'attendre les coups !

BONHEUR DE L'AVANT-GARDE.

On ne voit pas encore apparaître les lignes
Du cruel Bavarois, du Prussien, du Saxon :
Sur les côteaux lointains qui bordent l'horizon,
On ne voit s'étager que les pins et les vignes.

Comme nous, n'est-ce pas, France, que tu t'indignes
De ne pas voir le sang empourprer le gazon ?
Le temps qui nous échappe arme la trahison,
Hâtons-nous : prévenons les embûches indignes !

Nos désirs refoulés seraient moins importuns
Si nous pouvions savoir où se cachent les Thuns :
Mais l'ombre, à nos regards, dérobe leur présence !

Ah ! que nos éclaireurs doivent dire souvent :
Heureuses l'avant-garde et la reconnaissance !
Heureuse la patrouille envoyée en avant !

NIEDERBRONN.

Des galops de chevaux lancés à toute bride
Frappent le sol de bruits de cailloux et de fers
Entre-heurtés ; du cuivre on entend les sons clairs :
Les nôtres font sans doute une charge intrépide.

Là-bas, à la frontière, un combat se décide ;
Nos jeunes cavaliers au feu se sont offerts.
Des coups de mousqueton éclatent dans les airs ;
De la fumée ondoie a l'horizon livide.

C'est la première lutte engagée ! Espérons
Que la gloire qui naît du choc des escadrons
N'enverra ses rayons qu'aux enfants de la France !

Ils reviennent poudreux, mais l'œil étincelant ;
Tout nous dit qu'ils n'ont pas trompé notre espérance,
Et qu'ils viennent de mettre en fuite le Uhlan !

SARREBRUCK.

Les tambours ont battu, les clairons ont sonné :
Dès l'aurore, armez-vous, Français de toute taille !
Le soleil va briller sur un champ de bataille,
Et quand la nuit viendra le bronze aura tonné !

A l'ombre d'un drapeau par le fer haillonné,
Demain le noir corbeau pourra faire ripaille !
Déjà, de part et d'autre, on lance la mitraille ;
Ce grand vacarme annonce un combat acharné.

La fusillade siffle, et la bombe stridente
Eclate ! les échos répètent, centuplés,
Les bruits et les clameurs de la lutte grondante.

A peine midi sonne aux beffrois ébranlés,
Que la riposte manque à notre attaque ardente,
Et que la ville vient nous remettre ses clefs !

LA VICTOIRE

Un souffle de victoire a traversé la France,
Du levant au couchant et du nord au midi !
Les échos de la Sarre ont encore agrandi,
De nos jeunes guerriers, l'audace et l'assurance !

Les mères oubliant leur craintive souffrance,
Sentent que dans leur cœur l'espoir a reverdi ;
Le maussade vieillard se voit regaillardi
Et, dans notre étendard, retrouve une espérance.

De la gloire, on dirait qu'on assiste au réveil :
En dépit de la pluie on croit voir le soleil,
Tant un astre nouveau de rayons nous assiège !

C'est du premier succès que l'avenir dépend...
Pourtant, plus d'un Français, redoutant quelque piège
De son immense joie en secret se repent.

GARDE A VOUS !

A Jules CLARETIE.

Un reflet de lumière et d'ombre fugitive
Semble avoir remué derrière les grands bois..
Sentinelles, veillez ; interrogez les voix,
Les souffles, les échos, les bruits de l'autre rive !

Soldats, serrez vos rangs ! Soyez, sur le qui-vive !
Songez que la victoire appartient quelquefois
A celui qui la vole, ô fils des grands Gaulois,
Et que le jour sanglant de la bataille arrive !

Vous serez aisément favorisés du sort,
Si d'un ennemi fourbe, audacieux et fort,
Vous savez éventer les perfides embûches.

Vous avez tout à craindre : à l'heure où les hibous
Voyagent comme à celle où murmurent les ruches,
L'arme au bras, l'œil au guet, vedettes, garde à vous !

WISSEMBOURG

Ils sont à Wissembourg depuis deux jours à peine,
Les enfants de la France et les fils du désert,
Que déjà le combat vient de leur être offert,
Et qu'ils sont attaqués par la race germaine.

Les voilà donc lancés dans la brûlante arène,
Aux sons vertigineux d'un infernal concert !
Aux éclats des obus plus d'un rang s'est ouvert ;
Déjà se sont éteints d'horribles cris de haine !

Les nôtres vainement résistent... L'ennemi,
Par des renforts sans nombre à loisir raffermi,
De la victoire aspire à recueillir les gages.

Il presse nos soldats, les moissonne en hurlant,
Leur ravit un canon, s'empare des bagages,
Et se voit triomphant dans le combat sanglant !

MORT D'UN GÉNÉRAL.

Pendant que les turcos au teint sombre, aux yeux caves,
Dédaignant d'obéir aux funèbres accords
De la retraite, allaient, sans regarder les morts,
Joncher le sol meurtri de sanglantes épaves ;

Pendant que les lignards, les chasseurs, les zouaves,
Les artilleurs couvrant leurs pièces de leur corps,
Multipliaient en vain les sublimes efforts
Que l'héroïsme inspire au cœur de tous les braves ;

Pendant que la déroute affreuse grandissait,
Le général en chef, désespéré, pensait
Qu'il lui faudrait bientôt adandonner le lutte ;

Puis il se dit tout bas : « Puisque le maréchal
Veut que je reste ici, j'y resterai... » La chute
D'un corps se fit entendre après ce mot fatal !

LEUR VICTOIRE.

Ce n'est donc pas un songe, un cauchemar affreux ?
Les chants et les clameurs du triomphe les soulent !
Les sauvages enfants de l'Allemagne roulent
Sur notre sol natal, leurs canons monstrueux !

Ne craingnent-ils donc pas les retours désastreux ?
Ne savent-ils donc pas que la terre qu'ils foulent
Ne porte leurs grandeurs que pour qn'elles s'écroulent,
Et qu'un vaste tombeau s'entr'ouvre devant eux ?

Parce qu'ils ont rompu dix mille hommes à peine,
Et pris un vieux canon, est-ce qu'une centaine
De milliers d'Allemands vont se croire vainqueurs ?

La victoire à ce prix n'est-elle pas menteuse ?
Est-ce ainsi que jamais combattent les grands cœurs
Qui ne peuvent souffrir de fortune honteuse ?

SIX AOUT.

Cette date néfaste à jamais s'inscrira
Dans le cœur ravagé du Français téméraire ;
Comme un funèbre écho, comme un glas funéraire,
Formidable, à toute heure, elle y retentira !

Ce jour là, l'héroïsme en vain nous inspira :
Au désastre, au malheur, rien ne put nous soustraire ;
La victoire, deux fois, à nos vœux, fut contraire ;
Et la défaite horrible à nos yeux se montra !

Pourtant, après trois ans de deuil et de souffrance,
A ce jour d'épouvante où périssait la France,
Sans baisser le regard nous pouvons tous songer.

Nous pouvons regarder Forbach et Wœrth sans honte :
Car malgré nos revers, rien ne put submerger
Notre honneur, ce trésor qu'en vain la force escompte !

FORBACH.

La bataille, à Forbach, vers trois heures chantait
L'hymne de la victoire aux troupes les plus franches ;
L'ennemi, sous leurs coups, de même que les branches
D'un arbre sous le vent, ployait et s'agitait,

Obéissant gaiment aux charges qu'on battait,
Nos soldats essayaient leurs baïonnettes blanches ;
Comme vers les vallons roulent les avalanches,
Ils allaient en avant ; rien ne les arrêtait.

Le maire de la ville accablait de louanges
Le général en chef de nos jeunes phalanges,
Frossard, qui, du combat, revenait triomphant ;

Pendant que, surgissant par foules d'une noire
Et profonde forêt dont l'ombre les défend,
Les ennemis allaient ressaisir la victoire !

FRŒSCHWILLER.

Nous ne pouvons rester sous le poids des alarmes
Qu'une odieuse embûche a fait tomber sur nous,
Quand notre cœur bondit de haine et de courroux ;
Quand la vengeance brûle et dévore nos larmes !

Dussiez-vous succomber au milieu des vacarmes
Du combat acharné que nous désirons tous,
Embusquez-vous, chasseurs ! zouaves, levez-vous !
Cavaliers, à cheval ! fantassins, vite aux armes !

La France attend de nous un vigoureux effort :
Courons à la bataille, à la gloire, à la mort !
Que la mêlée affreuse embrase les collines !

..... Que d'ardeur, de courage et d'héroïsme encor !
Que d'espoirs désolés errant sur des ruines !
Quelle chute... et pourtant quel magnifique essor !

LES CUIRASSIERS DE FRŒSCHWILLER.

———

Tandis que les clameurs d'un combat meurtrier
Font piaffer, hennir leurs chevaux irascibles,
Nos braves cuirassiers sont là, froids, impassibles,
En lignes, sabre au poing, le pied dans l'étrier !

Tandis que l'on entend ceux qui meurent crier :
Vengeance ! les obus et les bombes terribles
Eclater, et que l'œil voit des choses horribles,
Ils regardent la terre et leur long baudrier...

Un ordre de charger arrive enfin... Ils partent
Au terrible galop de leurs chevaux, écartent
Les rangs des ennemis à coups de sabre ! L'air

Se voile de fumée et de poussière noire...
Plus rien... Un éclair brille au lointain... Cet éclair,
C'est le grand souvenir qu'ils lèguent à l'histoire !

——— ——— ———

2

LA DÉBACLE.

Quels sont ces bataillons mitraillés, renversés,
Comme des jeunes blés par une ardente grêle,
Qui courent, disloqués, sans ordre, pêle-mêle,
En laissant derrière eux des morts et des blessés ?

Ces hommes débandés, noirs de poudre, harassés,
Ces caissons, ces canons dont le bronze se fêle,
Ces chevaux démontés que la déroute attelle,
Ces choses, ces débris sanglants et dispersés,

Tout cela défendait tout à l'heure la France,
Lui donnait la fierté, la force et l'espérance,
Qui font battre tout cœur où coule un sang vermeil !

Tout cela maintenant s'éparpille et s'effare...
La débâcle, en Russie, annonce le soleil,
Chez nous l'invasion sinistre du barbare !

CRI D'ALARME.

De Quimper à Strasbourg et de Lille à Toulouse,
Il faut que tout le monde empoigne un glaive altier !
Il faut que les enfants du pays tout entier
Deviennent des héros comme en quatre-vingt-douze !

Il faut que le veston, la simarre et la blouse,
Fassent place aux habits qu'on endosse au quartier ;
Que tout homme valide apprenne ce métier :
La guerre vengeresse, implacable et jalouse !

Il faut que l'officier, le conscrit, le soldat,
Emplissent de hauts faits et d'actions d'éclat
Les instants orageux que nous avons à vivre !

Jusqu'au dernier soupir il faut que nous luttions,
Il faut que notre cœur réponde aux sons du cuivre,
Tant qu'un Prussien pourra braver nos bastions !

CE QUE C'EST QU'UNE BATAILLE.

Des rappels de tambours, des chants de clairons clairs,
Des ombres tour à tour visibles ou masquées,
Des troupes de toute arme en silence embusquées,
Des regards flamboyants, de livides éclairs ;

Des chevaux pleins du feu jaillissant de leurs fers,
D'ardentes légions par d'autres attaquées,
D'étranges cliquetis d'armes entre-choquées,
Des détonnations bouleversant les airs ;

Des cris désespérés, des plaintes anxieuses,
Des râles, des soupirs, des clameurs furieuses,
Des sifflements aigus et des grondements sourds ;

Des ruisseaux de sang chaud fumant dans les crevasses,
Des morts et des mourants des forêts aux labours :
Voilà ce qui surgit du choc sanglant des races !

APRÈS.

Quand la fumée aura disparu des tranchées
Où s'allumait l'éclair des feux de peloton,
Quand les échos bruyants des antres du canton
N'entendront plus la voix des légions fauchées,

En voyant sur le sol des victimes couchées,
Le vorace vautour et le corbeau glouton
Braveront les regards orgueilleux du Teuton
Pour se gorger de chairs mortes et desséchées,

Puis on enterrera la carcasse des morts
Dans la fosse commune où s'éteint le remords,
Et le calme et la paix descendront des collines ;

Et quelques tertres verts surmontés d'une croix,
D'un cippe ou d'une stèle, apprendront les ruines
Et les morts qu'auront faits la guerre et ses exploits.

UN ESPOIR.

Beaucoup de nos soldats se sont laissés surprendre :
De leur insuffisance ils sont tous convaincus.
Eux qui jamais encor n'avaient été vaincus ,
Les voilà donc contraints de fuir ou de se rendre !

Sur le sol de la France , ils ne pouvaient s'attendre
A ramener les jours qu'elle a déjà vécus ;
Les jours où se brisaient les plus fermes écus
Des fils qu'elle enfantait pour aller la défendre.

Ils préféreraient tous le plus cruel trépas
A l'horrible retraite où s'égarent leurs pas ,
Mais les jours à venir seront meilleurs peut-être.

Ils peuvent espérer qu'ils se relèveront,
Car ils savent qu'aux mains d'un peuple vil et traître
La victoire jamais ne laisse que l'affront.

LA RETRAITE.

Quel supplice infernal que de battre en retraite
A travers les ravins, les gorges, les vallons,
Quand on a l'ennemi derrière les talons,
Et qu'on porte avec soi le deuil de la défaite !

Comme on a les pieds lourds et la langue discrète !
Que les nuits et les jours semblent mornes et longs !
Qu'on marche vers Nancy, Bar-le-Duc ou Châlons,
Nul n'espère survivre aux horreurs de la traite.

Le drapeau mitraillé de chaque régiment,
Sur sa hampe, est roulé si désespérément,
Que nul ne le regarde avec des yeux sans larmes !

Pourtant des bataillons de la patrie en deuil
Des prodiges d'audace ont signalé les armes...
Heureux qui dans la gloire a trouvé son cercueil !

LEUR ·CRAINTE.

———

En dépit de leur nombre et de la certitude !
Qu'ils avaient d'obtenir un coupable succès,
Ils étaient si surpris d'écraser les Français.
Qu'ils virent leur victoire avec inquiétude !

Comme ils n'ont pas encor brisé la servitude
Dont le joug les étreint de ses honteux lacets,
En voyant un sol libre ils crurent voir l'accès
D'un sépulcre entr'ouvert devant leur multitude !

· Ils croyaient qu'une grande et noble nation,
A force d'héroïsme et d'abnégation,
Se relève toujours comme le vieil Antée !

Malgré tous les revers qui venaient l'étouffer,
Ils croyaient que la France, une fois révoltée,
Finirait tôt ou tard par vaincre et triompher !

———

MAUVAISES NOUVELLES.

A Ch. MANSO.

Nous allions au combat comme on va dans les fêtes,
Comme on cherche un trésor, nous cherchions des Uhlans
Quand des courriers, honteux, épuisés, ruisselants,
Vinrent nous annoncer nos premières défaites.

Le tonnerre du ciel s'abattant sur nos têtes,
La terre s'entr'ouvrant sous nos pieds chancelants,
Des plus profondes mers les abîmes hurlants,
Allant au sein des Cieux promener leurs tempêtes,

La nature éternelle en révolution,
L'immense écroulement de la création,
Nous pouvions tout admettre, et même l'impossible !

Mais nous ne pouvions pas croire que les Français,
Que les fils d'un pays si longtemps invincible,
Ailleurs que dans leurs rangs pouvaient voir le succès?

————

LEUR JOIE.

———

Est-ce pour célébrer la victoire bâtarde
Qu'ils viennent d'obtenir grâce à leurs espions,
Que les fils de la Prusse, au lieu de lampions,
Promènent l'incendie où leur pied se hasarde ?

Est-ce pour signaler leur bravoure hagarde,
Ou pour parodier nos rares Scipions,
Qu'ils se montrent cruels comme des scorpions
Et qu'ils lancent le meurtre avec leur avant-garde ?

Ne craignent-ils donc pas de souiller leurs drapeaux,
En pillant, massacrant, violant sans repos ?
Des fléaux les plus noirs ils portent les emblèmes !

Comme la soif du sang règle leurs sentiments,
Ne faut-il pas toujours, fût-ce en dépit d'eux-mêmes,
Que la ruine marche avec leurs régiments ?

———

ENCOURAGEMENT.

A Alphonse LEMERRE.

Tant qu'un Français pourra tenir une arme à feu,
Tant qu'il pourra lancer une bombe enflammée,
A travers la tempête ou la verte ramée,
L'espérance en son cœur descendra du ciel bleu !

Jamais à la victoire on ne doit dire adieu,
Tant qu'on peut rassembler quelque tronçon d'armée !
Tant que par l'héroïsme on a l'âme animée,
De la défaite encore on peut briser l'essieu !

L'heure de réunir nos forces ébranlées,
Pour le prochain combat, sonne à toutes volées,
Des villes aux hameaux et des champs aux forêts.

Le jour de la victoire ou de la mort se lève !
Ne soyons plus surpris ! Hâtons-nous d'être prêts !
Que notre immense espoir ne soit plus un vain rêve !

LE CHEVAL DE BATAILLE.

Qu'il est beau, le cheval qu'un soldat noble et fier
Lance au triple galop dans l'ardente vallée,
Les narines en feu, la crinière emmelée,
Et l'oreille dressée au bruit des chocs du fer !

Qu'il est beau, quand sa queue ondule au vent de l'air,
Quand il semble embraser sa course échevelée
Et lorsque, bondissant sur la terre ébranlée,
De son rude sabot il fait jaillir l'éclair !

Comme il rase le sol, comme il rue et se cabre,
Selon qu'il faut donner ou rompre un coup de sabre !
Comme il sait éviter les mourants et les morts !

Lorsqu'il sent qu'il chancelle et qu'il faut qu'il succombe,
Ne semblerait-il pas qu'il caresse son mors,
Tant il redoute encor que son maitre ne tombe ?

UN FUYARD.

Après avoir perdu deux sanglantes batailles,
Après avoir souffert et cheminé toujours,
Durant deux longues nuits, en trainant leurs pas lourds,
Dans les bois et les champs hérissés de broussailles,

Débris de régiments échappés aux mitrailles,
Cavaliers, artilleurs, lignards, chasseurs, tambours,
Des soldats harassés et privés de secours,
S'arrêtent près d'un bourg aux humides murailles.

Un capitaine alors, en voyant un lignard
Sans blessure, lui dit : Allez donc, vil fuyard,
Dans votre compagnie. — Elle est détruite. — Lâche !

Et votre bataillon ? — Anéanti. — Tout beau...
— Mon régiment aussi. — Diable ! — Cela me fâche ;
Mais, pour me consoler, j'ai sauvé son drapeau.

UN BLESSÉ.

———

Traversé d'une balle, étendu sur la terre,
Paralysé de froid, mourant, ensanglanté,
Parmi les morts roidis par la frigidité,
Je me vois oublié comme une vile pierre !

Un silence lugubre, aux clameurs de la guerre,
A succédé ; partout la froide obscurité,
Le calme de la tombe et l'immobilité
De l'oiseau que l'autour a broyé de sa serre !

Oh ! que la nuit est longue ! Oh ! quand pourrai-je voir
Une blanche clarté dans ce vaste ciel noir ?
Un symptôme de vie au bout de cette plaine ?

Un bruit faible... des voix... des murmures... du vent...
On dirait que je sens haleter mon haleine...
Est-un un rêve ? on dirait qu'on m'enterre vivant...

———

UNE SENTINELLE.

En étouffant le bruit de son pas régulier,
La sentinelle veille, attentive et muette,
Tandis que sous la tente et dans l'ombre discrète,
Chacun, jusqu'au matin, tâche de sommeiller.

Elle voit, dans le ciel, les étoiles briller,
Sur la terre blanchie, errer sa silhouette,
Et la lune argenter sa large baïonnette,
Et, dans le fond des bois, les ombres fourmiller.

Un bruit se fait entendre auprès d'elle... Qui vive !
— Une femme. — Qui vive ! — Attends, Pierre, j'arrive
— Qui vive ! — Moi, te dis-je !.. Un coup de fusil part..

La sentinelle entend comme une chute sourde...
Elle approche, à pas lents, et reconnaît, trop tard,
Sa mère qui venait pour lui remplir sa gourde !

A L'ASSAUT !

Puisque en rasé campagne et dans les bois ombreux,
Ils nous ont fait tomber dans leurs infâmes piéges,
Ils vont probablement commencer quelques siéges,
Et monter à l'assaut comme des valeureux ?

Quand ils auront pillé nos villages nombreux,
Ravagé nos hameaux, commis des sacriléges,
Prendront-ils nos cités pour s'abriter des neiges ?
D'ébrécher nos remparts seront-ils désireux ?

Sans doute ils lanceront leurs phalanges cruelles,
Contre les bastions, contre les citadelles,
Qui, des fortes cités, couronnent les sommets ?

Ils ouvriront la brèche en hommes de courage ?
A l'assaut ? Allons donc ! Ils n'oseront jamais !
Ce n'est qu'en bombardant qu'ils s'ouvrent un passage !

DANS LA VILLE.

Les pauvres habitants des campagnes voisines
Accourent dans la ville avec tout ce qu'ils ont :
Famille, bestiaux, mobiliers ; ils y sont.
A peine, que le feu dévore leurs chaumines !

Jusqu'au jour du départ des hordes assassines,
Ils braveront la mort et patienteront ;
Puis, aux champs paternels, de leurs mains, ils iront
Relever leurs vieux toits gisant dans les ruines.

La ville est assiégée. — Ils voient, de toutes parts,
L'obus tracer sa courbe au dessus des remparts,
La bombe incendier leurs gîtes, leurs récoltes ;

Et pendant que la tombe engouffre leurs enfants,
Ils entendent, le cœur plein d'amères révoltes,
Les Thuns pousser au loin des hurrahs triomphants !

3

AUTREFOIS.

A mon ami Louis COLLIN.

Lorsque, se reportant aux siècles écoulés,
A la sinistre nuit des époques cruelles,
On revoit les châteaux hérissés de tourelles,
Armés de ponts-levis et de murs crénelés,

Et qu'on songe aux guerriers de fer tout encerclés,
Qui montaient à l'assaut sur de lourdes échelles,
Pendant que d'autres preux, aux cris des sentinelles,
Sur chaque plate-forme étaient tous rassemblés,

On ne peut s'empêcher de se dire à soi-même:
La lutte était terrible et le carnage extrême,
Et la pitié jamais n'étouffait l'action!

La mort fauchait sans-cesse, horrible, pantelante!
Mais l'on avait au moins la consolation
De voir de quel endroit tombait sa faulx sanglante!

A LA VILLE DE METZ.

A Jules BRETON.

Metz, l'écho de tes murs n'a-t-il pas répété
Un bruit de pas errants sur la terre sonore?
Ne vois-tu pas flotter le drapeau tricolore
Au soufflé du malheur et de l'adversité?

Gloire de la Lorraine, invincible cité,
Du haut de tes remparts ne vois-tu pas encore
Apparaître, là-bas où se lève l'aurore,
Les enfants de la France et de la liberté?

C'est à l'ombre des murs de tes forts redoutables
Qu'ils désirent livrer les combats formidables
Qui devront décider de notre sort futur:

Puisses-tu seconder leur vaillance obstinée!
Toi dont l'ombre remonte au temps le plus obscur,
Souviens-toi que jadis les Huns t'ont ruinée!

AU GÉNÉRAL EN CHEF.

Si tu veux te montrer digne de la fortune
Qui t'honore aujourd'hui d'un suprême pouvoir,
Si tu veux accomplir noblement ton devoir,
Ta gloire aura le cœur des Français pour tribune.

Tu ne dois plus songer à la sombre rancune,
Puisque on t'élève au poste où tu voulais te voir;
D'ailleurs, un vrai soldat peut-il jamais avoir
La traîtrice des flots que tourmente Neptune!

Quand on a su porter le fusil et le sac,
On peut faire oublier la lutte de Forbach,
Réparer un désastre, épouvanter le monde!

Tu peux réaliser notre espoir et nos vœux,
Enrayer le sanglant cataclysme qui gronde,
Et saisir la victoire aux Thuns, si tu le veux!

BORNY.

Comme un troupeau de loups que la rage poignarde
Et que dans les forêts l'hiver fait affluer,
D'innombrables Prussiens viennent de se ruer,
A l'improviste encor, sur notre arrière-garde !

Tandis que le soleil du haut du ciel regarde
Si bientôt, sur la terre, on va s'entre-tuer,
Dans un cercle fatal on voit évoluer
Des soldats dont l'audace inspirera le barde !

Quatre heures de combat, d'héroïques efforts !
Le succès dans nos rangs, dix mille ennemis morts !
Jouirons-nous enfin du fruit de la victoire ?

Bazaine appuiera-t-il l'élan de nos soldats ?
Sera-t-il soucieux de notre propre gloire ?
L'ennemi pourra-t-il battre en retraite ? Hélas !

GRAVELOTTE.

———

Tant de balles, d'obus, de boulets et de bombes,
Ont embrasé les airs et traversé nos rangs,
Que le sol est jonché de morts et de mourants,
Et qu'on n'a jamais vu de telles hécatombes !

O mort, toi qui, sur nous, comme la grêle, tombes,
De ton indifférence offre-nous des garants :
Fais aussi, chez les Thuns, des trous larges et grands,
Et nous te bâtirons d'immenses catacombes !

.. L'ennemi se replie à travers les sillons ;
Puis le désordre gronde et lance la défaite
Dans les rangs ébranlés de ses lourds bataillons

La victoire est à nous ! Vite à la baïonnette !
Courage ! A coups d'épée et de sabre taillons !
... Mais au lieu de la charge on sonne la retraite !

SAINT-PRIVAT.

Aujourd'hui, la bataille, échevelée, horrible,
A fait tant de carnage aux environs de Metz,
Que l'avide mort même assure que jamais
Tant de sang valeureux n'a teint sa faulx terrible !

N'est-ce que pour parer les coups dont on nous crible
Que nous nous déployons des vallons aux sommets,
Et que nous combattons l'ennemi ? Désormais,
Le succès sera-t-il une chose impossible ?

N'est-ce que pour couvrir la terre de blessés,
De chevaux éventrés, de canons fracassés,
Et de débris fumants que nous faisons la guerre ?

... Les Allemands ont beau lancer tous leurs renforts.
Le maréchal, hélas ! de même que naguère,
Ne semble soucieux que d'oublier les morts !

A LA LUTTE !

Encore trois combats comme les trois derniers,
Et l'armée Allemande aura cessé de vivre !
A l'œuvre ! Que le bruit des balles nous enivre !
En avant ! cavaliers, fantassins, canonniers !

Dussent tous nos vallons devenir des charniers,
Que la voix des canons se mêle aux sons du cuivre !
Que la lutte nous fauche au qu'elle nous délivre,
Il faut qu'elle s'allume, ô fiers calomniés !

Que la voix des échos soit pleine de vacarmes !
Que l'air vibre et flamboie au choc de cent mille armes !
Et que la terre encor s'ébranle sous nos pas !

N'aspirons au repos qu'après la délivrance,
N'alimentons l'espoir que dans les grands combats,
Et ne cherchons l'honneur qu'en mourant pour la France !

REPOS.

Quand la France s'épuise à chercher une armée
Et de ses bataillons rassemble les débris,
Lorsque dans tous les cœurs et dans tous les esprits
La rage éclate comme une bombe enflammée;

Lorsque de l'incendie on voit l'âcre fumée
Trainer son ombre au sein des villages péris,
Devrions-nous chercher le calme des abris
Comme des gens dont l'âme à l'audace est formée?

O maréchal Bazaine, envoyez-nous au feu!
Gravelotte, Borny, Saint-Privat, c'est trop peu:
Il faut à notre ardeur les suprêmes mêlées!

Nous ne pouvons rester plus longtemps en repos
Quand de nos ennemis campés dans nos vallées
Nous voyons arborer les infâmes drapeaux!

VINGT-SIX AOUT.

———

Nous allons nous montrer dignes de nos aïeux,
Affronter les périls qui nous guettent dans l'ombre,
Traverser, repousser les phalanges sans nombre
Qui bornent l'horizon qu'interrogent nos yeux !

La lutte, en souriant à nos cœurs soucieux,
Va dévorer l'angoisse ou l'espérance sombre !
Qn'importe si la route est meurtrière et sombre ?
Nous nous mettons en marche à la clarté des cieux.

Mais à peine avons-nous traversé la Moselle,
Qu'un vaste orage éclate et que l'onde ruisselle,
Et que le sól boueux embourbe nos canons !

La colère du ciel s'oppose à notre marche.
Dans nos camps inondés, hélas ! nous retournons.
Quand verrons-nous surgir la colombe de l'arche ?

——————

TRENTE-ET-UN AOUT.

Bien que le jour soit sombre et le ciel pluvieux,
Et que les airs soient pleins de sinistres présages,
Des ordres de partir avec armes, bagages,
Viennent d'être donnés aux jeunes comme aux vieux.

Nous ne marchons jamais sous un soleil joyeux
Qui rende le sol ferme et le ciel sans nuages :
Est-ce pour embourber nos pesants attelages?
Ou pour que le succès se dérobe à nos yeux?

Nous avons la victoire, en dépit du ciel blême,
De la pluie importune et du retard extrême
Que nous avons subis tout du long du chemin!

Vingt-quatre canons Krupp de pris; la délivrance,
Si nous avions choisi du beau temps... A demain
L'épanouissement de notre humble espérance!

REVERS.

Le feu des tirailleurs et de la canonnade
A reveillé l'écho dès l'aurore aujourd'hui.
Sur nos drapeaux flottants l'astre du jour a lui...
Mais partout les Prussiens étaient en embuscade !

Nous nous sommes, en ordre, ainsi qu'à la parade,
Repliés avant l'heure où le soleil a fui ;
Et nous avons laissé la victoire à celui
Dont nous vîmes, hier, l'affreuse débandade !

Grâce aux tâtonnements de notre indigne chef,
Tout écueil s'aplanit devant la sombre nef
Qui de nos ennemis porte la destinée !

Les vingt-quatre canons que nous avions conquis,
Nous les avons laisser ressaisir... O journée,
Que maudite à jamais soit l'heure où tu naquis !

MIGRATION DES CORBEAUX

Les voraces corbeaux que l'aspect du sang grise,
Et qui rongent les os qu'ils trouvent sur le sol,
Semblent se diriger, par files, à grand vol,
Vers la région morne où doit naitre la bise.

Ils traversent la brume, ils dépassent la brise
Et se perdent dans l'ombre en allongeant leur col...
Est-ce que le printemps aimé du rossignol
Revient quand de l'été le soleil agonise?

L'ordre de la nature et la marche du temps
Vont-ils flotter au gré des souffles inconstants?
Le destin change-t-il les règles immuables?

Pourquoi donc les corbeaux s'en vont-il vers le nord,
Croassants et pressés, par troupes innombrables?
Y sont-ils conviés par la voix de la mort?

NOUVELLES DES AVANT-POSTES.

Ceux qui sont revenus des lignes d'avant-poste
Ont quelque chose au cœur de si désespéré.
Que nous les regardons d'un regard effaré,
Comme s'ils reflétaient le feu d'un holocauste !

Pourquoi donc parlent-ils au chef qui les accoste,
Avec cet air funèbre et cet accent navré ?
S'agit-il d'un mystère aujourd'hui pénétré,
Ou d'une tentative appelant la riposte ?

A voir leur regard morne, on dirait qu'il s'agit
D'un revers dont la honte à notre front rougit,
D'un fait si monstrueux qu'il semble invraisemblable !

Car la chose qu'on voile a toujours ses défauts,
Celle que l'on devine est souvent incroyable,
Et ce qu'on n'ose dire à bouche ouverte est faux !

INSOMNIE.

Les astres éloignés que la nuit nous révèle
Scintillent vaguement dans les cieux infinis;
Dans les champs et les bois, les hameaux et les nids,
Tout semble sommeiller jusqu'à l'aube nouvelle.

Rien ne semble veiller, hormis la sentinelle
Qui regarde les feux des Allemands honnis,
Et qui cherche, à travers les arbres embrunis,
Si rien de louche, au loin, dans l'ombre, n'étincelle.

La terre est endormie et le ciel éclatant;
La nature est tranquille et sereine; pourtant
Nul ne veut ni ne peut fermer l'œil sous la tente!

Songe-t-on au Mexique? Aux flots de l'Eridan?
A la sombre Crimée? A la gloire inconstante?
Chacun songe aux Français qui viennent de Sedan!

ÉVADÉS DE SEDAN.

———

Les soldats valeureux que la captivité
N'a pu faire tomber dans sa nuit endormeuse,
Et qui viennent des bords ravagés de la Meuse
Où s'est empreint le doigt de la fatalité,

Disent, d'un air sinistre et plein d'anxiété,
Comme des naufragés de la mer écumeuse,
Qu'un immense combat, lutte à jamais fameuse,
Vient de gronder, durant presque trois jours d'été,

Et que la destinée, inexorable, amère,
De notre cher pays, de notre pauvre mère,
S'est jouée aux abords de Bazeilles en feu,

Pendant qu'avec tristesse, aux rives de la Seille,
Nous regardions passer sur le vaste ciel bleu,
Après les sombres nuits, les jours que l'aube éveille !

ISSUE DE LA BATAILLE.

Ainsi donc le désastre au désastre succède,
Le deuil de la campagne envahit les remparts,
Et la nuit du malheur surgit de toutes parts,
Et l'intrépidité devant la force cède !

La patrie avait fait, pour venir à notre aide
Et conjurer le sort de nos fiers étendarts,
En réorganisant ses bataillons épars,
Une armée où jamais la valeur ne fut tiède.

Cette nouvelle armée interrogeait le vent,
Et marchait, pour nous joindre, intrépide, en avant,
Quand elle rencontra l'ennemi sur sa route :

Elle offrit la bataille, et la perdit, hélas !
Mais après? L'empereur acheva la déroute,
En se rendant, lui-même, avec tous ses soldats !

WIMPFFEN A L'EMPEREUR..

L'espoir de vaincre encore est une vaine amorce
Qui ne peut consoler que le cœur des mourants;
Nos bataillons ont beau se montrer fiers et grands,
Ils giseront bientôt sur le sol comme un torse!

Malheureux descendant du héros de la Corse,
Hâtez-vous de venir vous mettre dans nos rangs;
Torrent de chair humaine au sein d'autres torrents,
Nous pouvons nous frayer un passage de force!

Les rangs de l'ennemi se reforment sur nous;
Mais nous pouvons briser leur cercle... Hâtez-vous!
Car nous ne voulons pas que l'on puisse vous prendre

L'empereur répondit, assure-t-on, ceci:
Ce serait m'exposer; je préfère me rendre;
D'ailleurs, je veux garder mes bagages. Merci.

ÉPISODE.

———

Une brigade entière était enveloppée
D'ennemis si cruels, si puissants, si nombreux,
Les obus, dans ses rangs, moissonnaient tant de preux,
Que de combattre en vain elle était occupée!

Pourtant, malgré les coups dont elle était frappée,
Et bien que ses efforts lui fussent désastreux,
Plutôt que d'accepter un sort moins rigoureux,
Elle voulut garder jusqu'au bout son épée!

Au galop foudroyant de ses chevaux puissants,
Elle précipita ses soldats fremissants
Contre les ennemis, pour faire une trouée!

Beaucoup furent fauchés, et beaucoup prisonniers;
Quelques-uns seulement saisirent la bouée
Qui les fit interner, comme des braconniers!

———————

PLAISIR DE PRINCE.

Notre brave pays a déjà tressailli
En voyant, sous le poids de plus d'un grand désastre,
Sa puissance crouler ainsi qu'un vieux pilastre,
Et regretté de s'être un jour énorgueilli;

Ses plus nobles enfants quelquefois ont failli;
Le malheur, trop souvent, à rongé son cadastre;
Déjà se sont voilés les rayons de son astre;
Mais jamais tant de honte à son front n'a jailli.

Le pilote fatal qui conduit le navire
Peut-il l'abandonner, dès qu'il voit qu'il chavire,
Sans s'être dévoué pour le remettre à flot?

Il le laisse, l'infâme, en butte à la tempête,
Quand il peut le sauver d'un geste, d'un seul mot. .
Du naufrage qu'il cause il se fait une fête!

FAIS CE QUE DOIS.

A mon Ami Ernest HUPIN.

Puisqu'à force d'audace et d'intrépidité
Nous arrêtons en vain les cruelles conquêtes
De ceux qui de nos deuils se préparent des fêtes,
Mettons notre avenir avant l'éternité !

La redoutable main de la fatalité
Qui préside aux horreurs des sanglantes tempêtes,
Pèse si lourdement quelquefois sur nos têtes,
Que nous devons nous rendre à la nécessité !

Mais nous ne devons pas abandonner une arme
Que nous pouvons briser, fût-ce après le vacarme,
Ou soustraire au butin de l'Allemand vantard !

C'est pourquoi des fusils, de la Meuse et des chaumes,
Et que de fiers drapeaux, de la terre, plus tard,
Surgiront au soleil ainsi que des fantômes !

INSPECTION DE GUILLAUME.

Les échos affaiblis de la grande bataille
Ne se retrouvaient plus que dans les derniers cris
Des mourants entassés parmi d'affreux débris
De caissons, de canons, d'armes et de mitraille,

Quand Guillaume, escorté de l'humble valetaille
Dont il règle à son gré le cœur et les esprits,
Vint voir, bourreau guidant des aides malappris,
Si sur le champ de mort l'ombre agrandit la taille !

Et tandis qu'il comptait et regardait les morts,
Que son cheval flairait en secouant son mors,
Froid comme une statue où l'ombre seule bouge,

L'air était devenu si pestilentiel,
La terre si hideuse et l'occident si rouge,
Qu'on eût dit que du sang jaillissait jusqu'au ciel !

AUX PRISONNIERS DE SEDAN.

Sans tente, sans abri, dans la boue, exposés
Aux averses du ciel, aux rafales féroces,
Dévorés par la honte et les fièvres atroces,
Vous voilà donc vaincus, rompus, meurtris, brisés!

Malheureux prisonniers, pauvres martyrisés,
Sur vos têtes déjà les Thuns lèvent leurs crosses!
Vous allez regretter la nuit des vastes fosses
Où ceux qui sont tombés vont être déposés!

Votre captivité sera d'autant plus lourde,
Qu'à la voix de l'honneur votre âme fut moins sourde,
Et qu'aux yeux du vainqueur il manque de drapeaux!

Vous êtes les moins forts : vous voilà méprisables :
On vous parque, on vous hait, comme de vils troupeaux :
Des fautes de vos chefs vous êtes responsables!

CE QUE LES THUNS VONT FAIRE.

Les vainqueurs de Daigny, d'Haybes et de Bazeilles,
Grâce au vaste succès qu'ils viennent de saisir,
Vont pouvoir ravager au gré de leur désir,
Piller et massacrer, faire monts et merveilles !

Ils vont pouvoir rugir à l'ombre de nos treilles,
Voler notre pain blanc pour le faire moisir,
Dévorer nos moissons, se donner du plaisir,
Et boire le bon vin qui rougit nos bouteilles !

De victimes sans nombre ils vont jouir des cris,
Stériliser la France, incendier Paris,
Souiller toute pudeur et violer nos femmes !

Ils vont, joyeusement, le regard enflammé,
S'enivrer, se gorger de victoires infâmes,
Et vaincre, sans péril, un peuple désarmé !

DÉCISION DES SOLDATS DE METZ.

Nous sommes les derniers soldats de la patrie,
Que le désastre en vain a voulu renverser,
Les derniers combattants qu'elle puisse lancer,
Pour la défendre encor, contre la barbarie !

Ah ! puisque nous l'aimons avec idolâtrie,
Ne songeons aux Teutons que pour les terrasser !
Pour enflammer nos cœurs et pour nous renforcer,
Puisse se réveiller notre antique furie !

Les Prussiens, oubliant que nous sommes debout,
Pensent nous écraser et nous réduire à bout
Comme des combattants qu'épouvante un fontôme !

La France espère en nous ; nous n'y faillirons pas ;
Et nous résisterons aux soldats de Guillaume,
Tant que sur notre sol ils fouleront leurs pas !

CRI DE GUERRE.

C'est à la baïonnette, au rude pas de charge,
Au pied de la tranchée et des lourds gabions,
Que nous devons tomber, s'il faut que nous tombions,
Car notre sang n'est pas un vin noir qu'on litharge !

La mort, pour les vaillants, a toujours de la marge !
Il ne faut pas, Français, que nous nous embourbions
Dans un camp plein de boue et que nous succombions
Sans honneur, quand, pour nous, son astre brille au large!

En avant ! En avant ! Sus à nos ennemis !
Par la lutte et le feu soyons tous raffermis !
Ressemblons au soleil, symbole de la gloire !

Comme il voile de jour l'essaim des astres d'or,
Ne couvrons les hauts faits du ciel de notre histoire
Que d'un voile de sang vierge de honte encor !

L'ENNEMI.

Lorsqu'un tigre féroce a dévoré la proie
Qui le faisait rugir une heure auparavant,
Il s'endort au soleil, sur le sable mouvant,
La gueule pleine encor d'un morceau qu'elle broie.

La gazelle, aux rayons de l'astre qui flamboie,
Peut folâtrer alors et courir sous le vent,
Sans que l'horrible peur qui l'assiége souvent
Puisse s'emparer d'elle et lui ravir sa joie.

Lorsque d'or et de sang l'Allemand est gorgé,
Et qu'il est las d'avoir massacré, ravagé,
De même que le tigre, il cuve sa ripaille ;

Mais il ne peut jouir des charmes du repos
Qu'autant que l'incendie à sa place travaille
Partout où peut flotter l'ombre de ses drapeaux.

NE L'OUBLIONS PAS.

A A. DESROUSSEAUX.

Nous aimons ardemment ce qui brille et rayonne :
L'épanouissement d'un radieux réveil ;
Et tout ce qui parfume un jour chaud et vermeil :
L'haleine de la fleur que le printemps nous donne.

Nous aimons la valeur que la gloire couronne :
Les hauts faits dont l'éclat resplendit au soleil ;
Et tout ce qui se montre en brillant appareil :
Les danses et les chœurs que la grâce environne.

Nous aimons la justice étalée au grand jour,
La noblesse du cœur, le rayon de l'amour,
Ce qui nous oriente aux carrefours des routes ;

Le ciel, la mer, les bois, les belles choses !.. Mais
Celle que nous devons préférer entre-toutes,
C'est la patrie encor ! Ne l'oublions jamais !

JOUR PERDU.

L'ombre du ciel blanchit; l'étoile semble clore
Sa paupière; elle meurt comme une floraison;
Une lueur vacille au bout de l'horizon,
Et le soleil se montre après la blonde aurore.

L'air frissonne; les fleurs tardives vont éclore;
Les pleurs de la rosée émaillent le gazon;
Tout annonce un beau jour; l'expirante saison,
Comme un joyeux printemps, de rayons se colore.

Le clairon, la trompette et le bruyant tambour,
Ont sonné le réveil et salué le jour;
Mais personne ne marche et la lutte sommeille!

Est-ce que ce n'est pas encor pour aujourd'hui?
L'heure succède à l'heure et la nuit se réveille!
Chaque jour, en nos cœurs, redouble notre ennui!

OU NOUS ALLONS.

A Auguste DE VACQUERIE.

Ne sommes-nous ici que pour manger les vivres
Que voit diminuer chaque nouveau soleil?
N'entendrons-nous jamais l'heure du grand réveil
Retentir à la voix des canons et des cuivres!

Est-ce d'inaction que nous sommes tous ivres?
Est-ce que nous marchons vers l'ombre et le sommeil?
Et l'astre de la gloire autrefois si vermeil
Restera-t-il voilé jusqu'au retour des givres?

Pour les hommes pervers, pour les êtres abjects
Qu'emprisonnent les murs de nos bagnes infects,
Chaque jour est un pas vers la liberté sainte;

Chaque jour qui se lève et brille sur nos fronts
N'agrandit le rayon de notre morne enceinte
Que pour nous rapprocher des fers et des affronts !

LA VICTOIRE OU LA MORT

Le navire filant, toutes voiles dehors,
Sur une mer superbe, au souffle de la brise.
A travers les flots bleus que son éperon brise,
Pour celui qui l'attend, dédaigne mille ports.

Mais lorsque la tempête escalade ses bords,
Fracasse les grands mâts ou pend sa toile grise.
Et le livre aux horreurs d'une suprême crise,
Vers la rade qu'il trouve il cingle avec transports.

A moins qu'épris d'amour pour un destin sublime.
Il n'aime mieux sombrer dans la nuit de l'abîme,
Ainsi que le Vengeur, que de fuir le danger :

Comme tous les Français faisaient encor naguère,
Quand ils ne pouvaient plus, aux rangs de l'étranger,
Ressaisir le succès dont s'embellit la guerre !

AUX CHEVAUX.

A H VERLY.

O chevaux de la France, ô valoureux coursiers,
Vous ne hennirez plus au fracas des cymbales,
Vous ne dresserez plus l'oreille au bruit des balles,
Vous ne porterez plus ni hussards, ni lanciers !

Vous ne trainerez plus les pesants obusiers
D'où la mort échappait en bruyantes rafales !
Vous n'accomplirez plus de marches triomphales,
Et vous n'entendrez plus la voix des cuirassiers !

Adieu la charge ardente où la bravoure éclate,
Le cliquetis du fer et la flamme écarlate
Que la poudre projette en foudroyant les airs :

Pour un équarrissage, abondonnez la guerre,
Et servez de pâture aux hommes comme aux vers !
....Consolez-vous pourtant : vous ne vous rendrez guère !

TRISTESSE

Oh ! que le jour est triste, amer et monotone,
Quand les feuilles, ainsi que les illusions
De nos cœurs envahis de désolations,
Se détachent des bois au souffle de l'automne !

Sur la terre, où la lutte, au loin, peut-être, tonne,
Elles tombent, débris de végétations,
Comme sur nous les deuils et les afflictions,
Et les revers sanglants dont le monde s'étonne,

De même que l'espoir que chasse le malheur,
L'hirondelle s'en va sous un astre meilleur,
Rapide, à tire d'aile, avec étourderie.

En voyant le doux vin qui rougit le pressoir,
Nous croyons voir couler le sang de la patrie...
Le jour de la vendange est plus morne qu'un soir !

5

FAMINE.

La famine , hydre , hélas ! que nous pouvions chasser,
Si nous avions toujours affronté les batailles ,
De sa griffe de feu nous prend par les entrailles,
Nous traine vers la honte et va nous renverser !

Vers la honte ? Allons donc ! qui pourrait nous forcer
D'accepter un destin qui rabaisse nos tailles !
N'avons-nous pas encore des balles, des mitrailles ?
Des fusils, des canons, des bras pour les lancer ?

Des canons ? Les chevaux qui pouvaient les conduire
Ne sont plus ! Des fusils ? Nous pouvons les voir luire,
Mais nos bras décharnés ne peuvent les porter !

Que la force faiblisse où le courage abonde,
Qu'importe ! Un cœur vaillant peut toujours palpiter
Et mourir noblement à la face du monde !

CAPITULATION DE METZ.

De quel immense poids, capitulation,
Tu pèsos sur nos cœurs ! — Ainsi, grâce a Bazaine,
Nous voilà les judas de la cité lorraine,
Et les vils meurtriers de notre nation !

En sauvant nos drapeaux de la destruction,
Nous avons profané notre immortelle haine,
Perdu l'honneur sacré dont notre âme était pleine,
Et commis une infâme et coupable action.

Lorsqu'à notre ennemi nous remettons des armes
Qui pourront lui servir contre la France en larmes,
Nous commettons un acte encor plus criminel.

La rage qui nous ronge appelle en vain la force,
Comme un éclair trahi par la foudre du ciel ;
Nous ne pouvons plus même allumer une amorce !

REDDITION DES DRAPEAUX

S'il était un emblème encore vénéré
Des peuples valeureux dispersés sur la terre.
Un symbole éclatant de l'honneur militaire,
Jusque dans le malheur digne d'être admiré,

Réponds, toi dont le nom est partout exécré,
O maréchal Bazaine, ô sombre dignitaire,
N'était-ce pas celui qu'un souffle héréditaire
De gloire et d'heroïsme a cent fois consacré

Sur les champs de bataille où notre noble France
A lutté pour la gloire et pour la délivrance
Des peuples opprimés, enchaînés et meurtris ?

Bazaine, qu'as-tu fait du drapeau tricolore ?
Son honneur pourra-t-il surgir de ses débris
Ainsi que le phénix du feu qui le dévore ?

LES PRISONNIERS DE METZ.

Conduits à coups de crosse, à coups de plats de sabre,
Comme des criminels que la chiourme attend,
Ils vont désespérés et d'un pas hésitant,
Car malheur à celui qui résiste et se cabre !

Une misère affreuse et lourde les délabre,
Les épuise et les fait tomber à chaque instant,
Tandis que le barbare, orgueilleux et content,
Leur montre son pays, géhenne au ciel macabre !

N'ont-ils donc plus de sang dans leur veines ? Leur front
N'a-t-il plus la fierté qui repousse l'affront ?
Et n'ont-il plus de cœur ? — Ils ont perdu leurs armes !

— Ils ont donc succombé, ces hardis prisonniers
De la liberté ? — Non ! — D'où viennent donc leurs larmes ?
— Ils ne sont pas vaincus, mais ils sont prisonniers !

SUPERSTITION.

A. Gustave VAPEREAU.

Ni les sons vaporeux des mystérieux cors
Que le rêve suppose au milieu des orages,
Ni les brises de l'air dans les sombres feuillages,
Ni des cœurs inquiets les intimes accords ;

Ni les soupirs errant le long des corridors,
Ni les bruits du tombeau, ni les clameurs sauvages
Que la mer fait entendre en battant ses rivages,
Ne sont la voix de ceux des nôtres qui sont morts

Au feu strident et vif de nos premières joutes :
Wissembourg, Reischoffen, Forbach, sombres déroutes
Qui nous ont accablés sans nous déshonorer !

Ceux qui sont tombés là doivent tous dormir calmes,
Car aucun d'eux n'a pu mourir sans espérer
Une prompte vengeance et d'immortelles palmes !

QUESTION.

Pauvre mère, ô patrie, ô France bien-aimée,
O mère de la gloire et de la liberté,
Toi dont le nom naguère était si haut porté
Par les échos du monde et de la renommée,

Te voilà donc gisante et presque inanimée,
Le sein meurtri de coups, le front ensanglanté,
La main sur un tonçon d'épée à ton côté,
Au milieu des débris de toute ton armée ?

Quand verrai-je en ton ciel briller un jour plus beau ?
Quand ton bras pourra-t-il déployer ton drapeau
Sur le monde étonné de te revoir si grande ?

Il ne savait donc pas qu'aux yeux de l'univers
La guerre veut qu'on monte et non pas qu'on descende,
Celui qui t'a conduite ainsi dans les revers ?

UN CRIME.

Où vont-ils donc ainsi, ces fils de l'Allemagne,
La torche incendiaire et le glaive à la main,
Et dans l'âme et le cœur la soif du sang humain ?
Ils vont incendier un bourg de la Champagne.

Ils veulent massacrer, comme gibiers de bagne,
Les pauvres paysans qu'ils verront en chemin,
Si nul n'offre à la mort sa vie avant demain,
Pour apaiser la rage immonde qui les gagne !

Un homme se présente... Il marche d'un pas sûr
Au supplice ; il succombe, en regardant l'azur,
Sous le plomb ; par sa mort, il sauve son village.

Il était innocent de tout crime, il avait
Menti pieusement pour que le sauvetage
Fût payé de son sang... L'ennemi le savait !

LE BON PARTI.

————

Tout le monde se lève et cherche en vain des armes
Pour arrêter les pas des farouches vainqueurs :
Le courage sublime et la flamme des cœurs
Ne peuvent dissiper que les vaines alarmes.

L'impitoyable mort ne sèche que les larmes
Des guerriers qui se voient en proie à ses fureurs :
En tombant sous le fer des sacrificateurs,
Nous ne faisons que fuir les foudroyants vacarmes.

Un sang fier bat encor dans nos veines en feu :
Mais, de même qu'il·faut des rayons au ciel bleu,
Il faut à la valeur du fer et de la poudre.

Que peut un condamné contre un bourreau ? Mourir !
Hélas ! puisque nos bras ne lancent plus la foudre,
Qu'ils embrassent la mort qui peut nous secourir !

————

LA TREMPE DU MALHEUR.

Un astre a beau vieillir et se précipiter
Dans la nuit de l'espace où germe plus d'un monde ,
De ses débris fumants, comme une voix de l'onde,
Un jour nouveau naîtra, pour le réorbiter.

De même, des revers qui semblent nous dompter,
Surgira quelque jour une force féconde
Qui nous relèvera d'une chute profonde,
Afin que nous puissions nous réhabiliter.

Une chose effroyable au sein de la nuit sombre,
Est quelquefois splendide en surgissant de l'ombre,
Et plus d'un astre est beau d'avoir été voilé !

Après avoir souffert si l'âme est épurée,
Si la plante est plus forte où le sang a coulé,
Ne grandirons-nous pas de la peine endurée ?

LA GUERRE.

La guerre est un serpent qui traverse les âges
Et qui mêle son ombre à celle des humains ;
Il rampe dans l'ornière où courent nos chemins,
Et recherche l'abîme où se perdent nos sages.

Il allume la foudre et l'éclair des orages,
Et fait s'entre-heurter des armes en nos mains.
A lui nos jours passés ! A lui nos lendemains !
A lui le sombre honneur d'alimenter nos rages !

De ses anneaux de fer il entoure Strasbourg,
Thionville, Verdun, Toul, Montmédy, Phalsbourg,
Pour chaque place forte il trouve une spirale !

Nulle ville n'échappe à son acharnement ;
Paris même, Paris, la grande capitale,
Se voit emprisonné par son enroulement !

CONTINUONS.

Notre rêve suprême et peut-être illusoire,
Mais, pour vaincre ou mourrir, puisqu'il nous reste encor
De la poudre et du fer, du sang pur et de l'or,
Continuons la lutte aux rives de la Loire.

Que les hommes encore inconnus de la gloire
De leurs cœurs valeureux dévoilent le trésor !
Qu'ils viennent soutenir et diriger l'essor
Des derniers bataillons qui guettent la victoire !

Que les soldats grandis sous le ciel africain,
S'unissent, pour combattre, au grand républicain
Qui vient de Caprera nous offrir son épée !

Au cœur de la patrie, au centre du pays,
Le sang est plus vivace et l'âme mieux trempée,
Et l'on puise l'espoir jusqu'au sein des débris !

PENSÉE D'AVENIR.

Un nuage descend du ciel vaste ; il traverse
Les rayons du soleil et le réseau de l'air ;
Il tombe avec fureur sur la terre ou la mer,
Où son ombre conique avec lui se disperse...

Aux injustes rigueurs de la fortune adverse,
Nous opposons en vain le courage et le fer :
Notre âpre et dur destin en devient plus amer,
Et ce que nous tentons nous-mêmes nous renverse.

Mais qu'importent le deuil, la souffrance et la mort,
L'injustice flagrante et la haine du sort,
Quand on a le souci de la gloire immortelle,

Quand on sauve l'honneur du pays tout entier ?
Qu'importent les horreurs d'une époque cruelle,
Quand on a l'avenir pour unique héritier ?

AUX DÉTRACTEURS.

Comme il faut au ciel pur l'azur et les étoiles,
Comme il faut au soleil les rayons radieux,
Aux mystiques esprits, les anges et les dieux,
Aux navires des mers, les brises et les voiles ;

Comme il faut à l'amour que toi seule dévoiles,
O pudeur, l'innocence et la beauté des yeux,
Comme il faut aux savants les travaux studieux,
A l'insecte, l'élytre ou les perfides toiles ;

Il faut à nos drapeaux, il faut à nos soldats,
Le souffle de la guerre et les vaillants combats,
Les chants que la trompette à leurs chansons marie !

Il faut des actions éclatantes, il faut
La grandeur, le prestige, il faut, à la patrie,
Des souvenirs de gloire et non pas d'échafaud !

LES MAUVAISES ARMES.

A Pierre LAROUSSE.

Du ténébreux fourré d'arbres et de buissons
Où nous sommes blottis depuis l'aube naissante,
Nous voyons défiler, sur la terre glissante,
Des hommes, des chevaux, des canons, des caissons ;

Nous voyons manœuvrer les régiments aux sons
Que fait entendre au loin la trompette puissante ;
La lutte s'engager, terrible, frémissante,
Et le feu dévorer villages et moissons !

Le temps fuit. Le combat continue. Une cloche
Sonne le glas. Un bruit de fusillade approche,
Et l'ennemi se montre où nous l'attendions tous !

Le voilà donc ! qu'il verse ou retienne ses larmes,
Mais qu'il ne puisse pas échapper à nos coups !
Feu ! Malheur ! Nos fusils éclatent ! Quelles armes !

LE MOBILISÉ.

A mon Ami Charles DECOTTIGNIES.

Accoutré d'un habit dont l'étoffe est pourrie,
Et chaussé de souliers faits avec du carton,
L'humble mobilisé va quitter son canton,
Pour répondre à l'appel de la sainte patrie.

Bien qu'il n'ait pas encor l'âme fort aguerrie,
Et qu'il soit emmanché d'un fusil à piston,
Il essaiera de faire un feu de peloton,
Et marchera sans plainte à la grande tuerie.

Loin de savoir charger l'arme qu'il porte au bras,
Il ne sait pas encor comment on marche au pas ;
Mais il sait que son cœur dans sa poitrine est ferme.

Puisqu'il faut, pour lutter, contre les Thuns barbus,
De la chair à canons, dans la force du terme,
Ne faut-il pas qu'il aille où moissonne l'obus ?

LUTTE LOYALE.

Quoi que nous en disions, le présent nous désole,
Et nous tentons en vain de le désembrunir :
Son horreur envahit jusqu'à notre avenir,
Où nous croyons entendre une plainte qui vole.

Ah ! si nous pouvions tous combattre à l'espagnole,
Nos revers renaissants seraient près de finir ;
Mais nos loyales mains ne voudraient pas tenir
Une arme qui ne luit que lorsqu'elle viole !

Nous ne sommes pas faits pour combattre en rampant.
Laissons l'ombre au Prussien, le venin au serpent,
Et les pièges honteux aux nations perverses !

Ah ! puissions-nous songer, à l'heure de frapper,
Que les sombres horreurs des sanglantes averses
Ne tombent sur nous tous que pour nous retremper !

6

GRANDEUR DE LA FRANCE.

En dépit des malheurs et des commotions
Qui l'ébranlent, de l'aube au soir crépusculaire,
Des éclats d'héroïsme et de sainte colère
Ceignent la France encor d'illuminations !

Elle apparait, parmi les grandes nations
Que la nuit sombre voile et que le jour éclaire,
Comme un phare guidant toute franche galère
Qui ravit le progrès aux révolutions !

Pour dominer le monde ainsi qu'une campagne,
Elle sera toujours la sublime montagne
Au sommet de laquelle un brillant rayon luit ;

Où l'ombre, pour renaitre, en vain cherche un ombrage,
Où les clartés du jour ne font place à la nuit
Que pour la foudroyer des éclairs de l'orage !

PARIS LA NUIT,

———

Voyez Paris, du haut des tours de Notre-Dame,
A cette heure où l'étoile éclaire l'inconnu,
O vieux soldat, vieillard dont le crane est chenu,
Puisqu'il vous reste encor du courage dans l'âme :

Les lueurs de la torche ont remplacé la flamme
Des becs de gaz dont l'ombre erre sur le sol nu ;
Des cris de rage au loin ; un grand bruit continu
D'armes gronde où passa plus d'une belle dame.

La sentinelle veille et marche à pas comptés,
Fusil au bras, tandis qu'au loin, de tous côtés,
Les forts, lions de pierre, arrêtent le barbare.

Sur la Seine, où la nuit regarde son manteau,
Le doux bruit de la rame et le cri de la barre ;
Et, dans les ateliers, le fracas du marteau.

———

PARIS LE MATIN.

Au faite glorieux de notre arc triomphal,
Que fait donc ce vieillard plus faible qu'un ivrogne ?
Regarde-t-il l'aurore et le bois de Boulogne,
Ou se ressouvient-il de l'homme impérial ?

Compare-t-il la France à la pauvre Pologne,
Et le Prussien farouche à l'avide chacal !
Il tressaille ; entend-il le glas national ?
Il salue et sourit ; n'a-t-il plus de vergogne ?

Il s'attriste en voyant passer des cacolets,
Il espère en voyant les joyeux défilés
De troupe que Paris envoie à la bataille.

Son oreille, bientôt, entendra le canon,
Et son regard verra, sous l'ardente mitraille,
Si les Parisiens sont dignes d'un grand nom.

A L'HIVER.

L'hirondelle est partie ainsi que les beaux jours,
La neige tombe avec les dernières feuillées,
Et la bise, à travers les branches dépouillées,
Gémit comme un blessé qui cherche du secours.

Salut, saison cruelle où voyagent les ours,
Où les fureurs de l'air sont toutes réveillées,
Toi qui nous fais passer tant de sombres veillées,
Toi qui ne peux jouir qu'en accablant toujours!

Tempête, gronde, éclate, en tous lieux, à toute heure!
Fais que le monde souffre et se lamente et pleure!
Fais que la mort accoure à ta voix, sombre mort!

Viens! plus nous souffrirons de tes vastes ravages,
Plus tu feras le temps rude et le jour amer,
Plus souffriront aussi nos ennemis sauvages!

COULMIERS.

A Cʜ VINCENT.

Dans nos cœurs, où toujours le courage est vivant,
L'espérance de vaincre aujourd'hui se rallume :
La voix des cuivres chante : il faut que le sang fume !
Et l'écho se réveille et nous crie : en avant !

Nous marchons. Nous voilà mitraillant et bravant
Le Prussien. Il tient bon. Partout un bruit d'enclume
Retentit. Notre étoile émerge de la brume
Qui voile l'horizon comme un linceul mouvant !

Nous luttons sur un sol boueux, couleur de lie ;
Sous un ciel pluvieux. Bientôt l'ennemi plie,
Court à la débandade et fuit devant nos pas !

Ne croyez pas, enfants, qu'un rêve nous égare :
Nous avons la victoire ; elle ne fuira pas,
Bien qu'elle soit moins sure alors qu'elle est plus rare.

APRÈS UNE DÉFAITE

Le temps est morne et lourd, le ciel terne et blafard,
L'air humide et brumeux, la lumière voilée,
Et la terre boueuse à peine dégelée
Couverte de corps morts dispersés au hasard.

Sinistre lendemain ! Là bas, dans la vallée,
On voit le sang de ceux qu'à moissonné la hart
Et des débris que l'homme enfouira plus tard,
Lorsqu'il y traînera la charrue attelée.

La bise erre à travers la brume et l'air obscur,
Comme un souffle exhalé du sein d'un sol impur,
Et semble pleine encor du râle des victimes.

On entend des soupirs de blessés aux grands cœurs,
Et, dans l'ombre où sans doute ils rêvent à leurs crimes,
Eclater bruyamment le rire des vainqueurs !

EN PROVINCE.

Sur les bords de la Loire aux flots tumultueux,
Le malheur continue à nous prendre pour cible;
L'ennemi, grâce au nombre, est partout invincible,
Et grossit chaque jour ses succès monstrueux.

Dans le Nord, près d'Amiens, à Villers-Bretonneux,
De défaites encor l'infortune nous crible!
Nous faisons aux Prussiens le plus de mal possible,
Mais le ciel de la France est toujours ténébreux.

Que de luttes sans trêve et de marches forcées,
Que d'abattis humains et d'armes fracassées,
Nous coûte, chaque jour, la défense obstinée!

L'audace éclate en vain, sous la foudre ou l'azur,
Pour changer la rigueur de notre destinée;
Le succès ne veut plus d'un sang vaillant et pur!

DÉCEPTION.

Nous pensions que l'hiver allait nous secourir,
Et voiler nos malheurs de son manteau de neige ;
Mais les fléaux hideux qui forment son cortége,
Ne semblent acharnés qu'à nous faire souffrir.

Quand tous les Allemands ont de quoi se nourrir,
Des armes qui font vaincre et du drap qui protége,
Nous sommes grelottants et la faim nous assiége,
Et, presque désarmés, nous luttons pour mourir !

Nos places fortes, l'une après l'autre, succombent :
Nos plus anciens soldats et nos vieux canons tombent
Dans les avides mains de nos envahisseurs !

A nous l'horreur des jours sinistres qui s'écoulent ;
De la ruine, hélas ! symptômes précurseurs,
Sous le poids du malheur tous nos espoirs s'écroulent !

ABANDON.

En voyant les débris dont la France est couverte,
Les peuples restent froids, insensibles et sourds ;
Plutôt que de lui rendre un utile secours,
Ils approfondiraient sa blessure entr'ouverte.

Quand la bise et la neige étouffent l'herbe verte,
Quand les rigueurs du sort nous accablent toujours,
Que la nature est triste et les vastes cieux lourds !
Que l'hiver est cruel ! comme il nous déconcerte !

Est-ce que le printemps ne reviendra jamais
Couvrir d'herbe et de fleurs les arides sommets
Et les vallons jonchés de cadavres sans nombre ?

Est-ce que l'humble oiseau que le froid a chassé
Voudra rester encor sous un ciel terne et sombre
Quand il verra son nid par le feu renversé ?

L'OMBRE DU MALHEUR.

———

Tant de soldats Français ont été moissonnés
Par les coups imprévus des dernières batailles,
Que partout où la vie activait les semailles
Nous ne retrouvons plus que des os décharnés !

Tant de râles affreux, tant de cris forcenés
Se sont mêlés aux bruits des terribles mitrailles,
Dans nos bois dévastés, nos landes de broussailles,
Et dans les noirs sillons de nos champs ruinés,

Que l'écho dans sa voix, le vent dans son murmure,
L'oiseau dans sa chanson, l'arbre dans sa ramure,
La fleur dans sa corolle et la nuit dans son ombre ;

Que l'onde dans son cours, le ciel dans son azur,
Que l'astre radieux dans son jour le plus pur,
Que tout en a gardé quelque chose de sombre !

———

PERFIDIE DE LA LUNE.

Etait-ce après Forbach, Borny, Coulmiers ou Bôves ?
Qu'importe ! Depuis l'aube, avec acharnement,
Nous avions combattu contre un corps allemand,
Dans la neige, non loin d'un bois aux arbres chauves.

Nous succombions. Traqués comme des bêtes fauves,
Poursuivis, d'arbre en arbre, impitoyablement,
Nous cherchions, dans le bois, un abri d'un moment,
En nous disant : Nuit sombre, il faut que tu nous sauves !

Nous allions donc ainsi de fourrés en fourrés,
Au risque, à chaque instant, d'être tous entourés,
Lorsque la nuit montra son ombre ténébreuse !

Nous nous pensions sauvés, lorsque, de sa clarté,
Eclairant brusquement notre retraite ombreuse,
La lune dévoila son grand disque argenté !

EMBUSCADE OUBLIÉE.

Non loin du vieux Cussey, dans un pli de terrain,
A l'heure matinale où l'on sonne l'aubade,
Vingt hommes, nous allons nous mettre en embuscade,
A pas de loups, sans bruit, sans gestes, ni refrain.

Nous attendons l'attaque. Effroyable, sans frein.
La lutte a commencé! L'ardente fusillade
Siffle, éclate; on entend gronder la canonnade:
De la guerre partout chante la voix d'airain!

Rien encor. Attendons. Des cavaliers cupides
Apparaissent enfin! Sous nos balles rapides
La moitié tombe, l'autre, au galop, fuit... plus rien!

Après le jour, la nuit s'écoule; l'aube oscille,
Et nul ordre! La faim nous chasse. Du Prussien
On nous croyait la proie! Il est trop imbécile.

UNE CHARGE.

———

Comme ils ont dépensé leur dernière cartouche
Dans la tranchée-abri qui dérobe leurs coups,
Et qu'ils sont las d'attendre et las d'être à genoux,
Quand l'Allemand est proche, implacable et farouche,

En courageux enfants d'une héroïque souche,
D'un accord unanime, ils se redressent tous
Et s'élancent, d'un pas ferme, fiers et jaloux
D'avoir un cœur qui porte un nom : France ! à leur bouche !

Ils vont au pas de charge, à l'arme blanche, ayant
La rage de combattre, un désir effrayant
De teindre de leur sang une pièce allemande !

Ils vont... A chaque instant un des leurs est frappé !
Ils vont... Un seul d'entre eux obtient ce qu'il demande,
Un seul expire au but, un seul n'est pas trompé !

LA DESTRUCTION

———

Le soleil ne se lève et n'abrége les ombres
Que pour s'évanouir et pour les allonger,
Et les jours radieux ne semblent voltiger
Que pour être chassés par les jours froids et sombres.

De même qu'un faux chiffre au milieu des grands nombres,
Partout un ver rongeur parvient à se loger,
Et ce que nous voyons sur la terre ériger
Ne servira demain qu'à faire des décombres.

Ce que nous bâtissons de vaste et de puissant
Finit par être en proie au souffle renversant
De la destruction : aussi nous aime-t-elle !

Elle nous a détruit près d'un siècle d'exploits,
De faits d'armes si beaux et de gloire si belle,
Que nous en accablions les peuples et les rois !

———

UN CHOIX

Promener sans pudeur, de la ville au village,
La torche incendiaire en guise de flambeau,
Rechercher et trouver quelque chose de beau
Au massacre sans borne, à l'infâme carnage.

Avoir la soif du sang et celle du pillage,
Donner l'homme en pâture au vorace corbeau,
Et, par tous les moyens, vouloir mettre au tombeau
Un peuple plein de cœur, de gloire et de courage:

Voilà de quoi la Prusse est capable, voilà
Ce qui fit la grandeur du farouche Attila,
Et voilà ce qui donne aujourd'hui la victoire!

Si ce n'est qu'à ce prix que l'on peut acquérir
La puissance, l'honneur, la fortune et la gloire,
France, console-toi, nous préférons mourir!

PENSÉE TRISTE.

———

J'ai perdu ma gaîté, rien ne me la rendra,
Ni la chaude liqueur qui nous vient de la treille,
Ni le rayonnement de l'aurore vermeille,
Ni l'amour dont la voix en mon cœur vibrera !

De nos désastres, rien ne me consolera !
Quand je vois du bon vin rougir une bouteille,
Et que je crie : à boire ! un blessé se réveille,
Répète en vain : à boire ! et se rendormira !

Quand je vois de l'aurore ondoyer la lumière,
Ne vois-je pas le feu détruire une chaumière,
Où, frères et sœurs, père et mère, expireront ?

Et quand du tendre amour j'entends les chants suaves,
Puis-je ne pas songer à ceux qui ne naîtront
Que pour venger la France et la mort de nos braves ?

————————

7

PONT-NOYELLES.

L'hiver est si terrible et l'air si rigoureux,
Que nous restons transis devant des feux de paille ?
La bouche des clairons colle au cuivre et s'éraille ;
En battant le rappel les tambours sonnent creux.

Le froid nous fait trembler ainsi que des peureux.
Il nous faudrait le feu d'une bonne bataille,
La flamme de la poudre et l'ardente mitraille,
Pour réchauffer le sang de nos cœurs valeureux !

... La canonnade gronde aux bords de la Hallue !
Chasseurs, lignards, marins, Querrieux vous salue !
Béhancourt vous attend, mobilisés du nord !

La lutte nous ranime et nous rend à la vie !
Paralysons le froid jusqu'au sein de la mort !
En avant ! Aux Prussiens la victoire est ravie !

LA NUIT ET LE JOUR SUIVANTS

Après avoir gagné la bataille d'hier,
Durant toute la nuit nous sommes de grand'garde,
Loin du feu des bivouacs à la lueur blafarde,
Dans les sillons glacés, sous la bise, en plein air.

Le jour n'est pas levé que déjà le son clair
Des clairons nous envoie à l'attaque ! Il nous tarde
De savoir si le Thun nous fuit ou nous regarde,
Et de voir de la poudre étinceler l'éclair !

Tandis que nos canons tirent vers les barbares,
Nous nous échelonnons, à la voix des fanfares,
En lignes de bataille, aux penchants des côteaux ;

Nous attendons la nuit, sous la bise sonore,
Sans boire ni dormir, sans que dents ni couteaux
Puissent toucher au pain que nous avons encore !

L'AMOUR DE LA PATRIE.

A mon ami Gustave ROUSSELOT.

Plus d'oiseaux, de chansons, de doux nids sur la terre ;
Plus de joie au ciel bleu, de rire à notre seuil !
Partout des voiles d'ombre et des signes de deuil ;
Partout des cris de rage et des clameurs de guerre !

Plus d'herbe ni de fleurs pour réjouir notre œil ;
Plus de parfums errants dans la mousse et le lierre !
Partout de noirs obus et des coups de tonnerre ;
Partout l'épave ainsi qu'aux bords d'un morne écueil !

Plus de gazon : partout s'étend la neige blanche ;
Plus de feuilles : le givre enguirlande la branche ;
Plus de rayons : l'étoile a l'air d'un œil de mort !

Tout s'écroule ou se meurt devant la barbarie,
Tout s'effeuille ou s'efface aux rafales du nord,
Plus d'amour... excepté l'amour de la patrie !

LE MOBILISÉ EN CAMPAGNE.

A ALBERT DEVIENNE.

Avec mon profil maigre en lame de couteau,
Mes longs bras décharnés, mes jambes de squelette,
Mon œil cave et brillant, ma saillante pommette,
J'ai l'air d'un pauvre pitre en quête d'un trétau.

Je fléchis sous le vent comme un frêle poteau ;
La toux me force à faire en marchant la courbette :
Il me faut cependant brandir ma baïonnette,
Franchir plaine et vallon, gravir mont et coteau !

Mes souliers sont usés, le Prussien a des bottes ;
Je n'ai qu'une vareuse, il a veste et capotes ;
Je souffre, il est heureux ; je tombe, il est vainqueur !

Etre toujours malade, endurer la froidure,
Et combattre sans gloire et sans espoir au cœur,
Voilà ma destinée, ô France ! elle est bien dure.

BAPAUME.

Au Général FAIDHERBE.

Tandis que les soldats du farouche Guillaume
Ensanglante la Loire et la Sarthe aux flots verts,
Occupent Orléans, Bretoncelles, Nevers,
Et sont victorieux au combat de Vendôme ;

Tandis que le malheur grandit comme un fantôme,
Aiguise nos douleurs et double nos revers ;
Malgre la dureté du plus froid des hivers,
Notre vaillant Faidherbe est vainqueur à Bapaume !

La neige et les glaçons couvraient le sol durci,
Le temps était cruel, la bise sans merci,
Et le sang des soldats se figeait dans leurs veines ;

La bataille était rude autant que la saison,
Les ennemis couvraient les côteaux et les plaines,
Mais la victoire vint luire à notre horizon !

L'INVASION.

. . . .

Sous le ciel orageux de la France engourdie
L'invasion s'étend comme une mer sans bords,
Et promène, en dépit de nos vaillants efforts,
Le meurtre et la ruine à travers l'incendie !

Aux champs de la Bretagne et de la Picardie,
Au sein de nos hameaux, à l'ombre de nos forts,
Nous élevons partout des barrières de morts :
Elle renverse tout, grâce à la perfidie !

Chaque jour elle roule un malheur accablant,
Chaque jour elle enfante un désastre sanglant,
Elle ravage tout comme une ardente lave !

Plus forte que la flamme au dévorant essor,
Quand elle a tout détruit, tout souillé de sa bave,
Loin de s'évanouir, elle dévaste encor !

A QUOI TIENT UNE VICTOIRE.

Une ordonnance accourt au galop jusqu'à moi,
Et me dit brusquement d'une voix inquiète :
Trompette, hâtez-vous de sonner la retraite !
Et me laisse, le cœur plein de rage et d'effroi.

J'embouche ma trompette... et me trouve tout coi,
En voyant qu'à mon souffle elle reste muette !
Je m'épuise à souffler au point que j'en halète,
Sans qu'un son de fanfare en touche la paroi !

Soudain, mon capitaine apparaît et me crie
De sonner sur le champ l'ardente sonnerie
De la charge et d'aller me poster en avant ;

Je regarde partout le cuivre que je touche
Avant que d'obéir à cet ordre émouvant,
Et je trouve une chique échappée à ma bouche !

DANS LES RUINES.

O toi qui vas cherchant sur les rives de l'Avre,
Parmi des pans de murs sur le sol écroulés,
O vieille femme aux blancs cheveux échevelés,
O toi qui viens de loin, de Strasbourg ou du Havre,

Dans ces débris fumants donc l'aspect seul me navre,
Dans ces décombres noirs, parmi ces toits brûlés,
Que peux-tu bien chercher, les yeux de pleurs voilés,
Sombre comme la nuit, froide comme un cadavre ?

Pourquoi retournes-tu ces décombres poudreux ?
Qu'espères-tu trouver qui ne soit pas affreux ?
Qui ne soit ni sanglant, ni rougi par la flamme ?

... Un berceau surgissant des débris laisse voir
Un enfant qui sommeille... Il semble, ô vieille femme,
Qu'une blanche colombe émerge d'un ciel noir !

A UNE PRUSSIENNE.

Vous avez le pied leste et la main délicate,
Le teint couleur de neige et les yeux azurés,
La lèvre fraîche et rose et les cheveux dorés,
Et la grâce d'une Eve en relief sur l'agate ;

Si je réalisais l'idéal qui me flatte
Je voudrais lui donner vos charmes admirés,
L'éclatante splendeur que vous idolâtrez,
Et qui, pareille au jour, autour de vous éclate ;

Mais, jeune fille blonde, eussiez-vous mille fois,
La taille plus flexible et plus tendre la voix,
Que pour moi vos beautés sembleraient encor vaines,

Et que je n'aurais pas le moindre amour pour vous :
Car vous avez du sang d'Allemands dans les veines,
Et je vois nos malheurs à travers votre air doux !

UN LEGS.

Le souffle impétueux des batailles sanglantes
A passé dans nos rangs mitraillés tant de fois
Comme un souffle d'automne à travers les grands bois,
Ou comme une tempête aux rafales hurlantes !

Il nous a dépouillés des gloires consolantes
Qu'entretenaient nos cœurs et que chantaient nos voix ;
Il nous a fait rougir de nos anciens exploits ;
Il a couvert nos champs de ruines croulantes !

Mais nous léguons au temps notre haine en mourant :
Ainsi que le vaisseau jette aux flots en sombrant
La bouteille où revit sa mémoire incertaine :

Comme au sol, où la feuille obéit à la nuit,
L'orme livre sa graine, et le hêtre sa faîne ,
Et le chêne son gland , et le frêne son fruit !

EN ALLANT A SAINT-QUENTIN.

Des rafales de pluie et de neige fondante
Nous mouillent jusqu'aux os et nous rendent affreux ;
L'air est plein de frissons , la bise aigre et mordante,
Et nous marchons sans trève en des chemins boueux.

Comme la neige blanche et la lumière ardente
S'attachent au sommet des monts majestueux,
Le deuil et le malheur aiment le valeureux
Et tout homme qui porte une âme indépendante.

Bien que cette pensée augmente la fierté
Qui relève le cœur par l'angoisse agité ,
Il semble, autour de nous , que tout se décolore ,

En songeant à la nuit qui succède aux courts jours,
Nous ne pouvons renaître à l'espérance encore :
Seules, les nuits d'été sont riantes toujours !

SAINT-QUENTIN

A mon ami A. FAURE.

De l'aube au crépuscule et du soir au matin,
Après avoir marché sans faire aucune halte,
Dans la terre boueuse, et non pas sur l'asphalte
Comme les habitants du quartier Saint-Martin,

S'ils montrèrent encor, non loin de Saint-Quentin,
L'audace et la valeur des chevaliers de Malte,
C'est qu'ils avaient au cœur ce feu qui nous exalte :
Amour de la patrie et mépris du destin !

La victoire pour eux n'était pas accessible;
Mais au fort du combat tons ont fait leur possible :
Mobilisés, dragons, fantassins, canonniers !

Les pieds ensanglantés, déguenillés, malades,
Si quelques-uns d'entre eux se sont vus prisonniers,
C'est qu'ils n'ont pu mourir au feu des fusillades !

MORT D'UN ZOUAVE.

Il se nommait Delpech, si j'ai bonne mémoire,
Le vaillant compagnon dont je pleure la mort.
C'était un grand zouave au bras rapide et fort,
Qui n'avait d'autre amour que l'amour de la gloire.

Il avait oublié son arme toute noire
De poudre, à l'ambulance, où d'un commun accord,
Nous avions accompli le douloureux transport
D'un commandant ravi peut-être à la victoire.

Il venait de saisir un gros bâton tordu,
Qu'il brandissait aux yeux du Prussien défendu
Par un mur crénélé de Beaune-la-Rolande ;

Il marchait à l'attaque, en bravache, en mutin,
Lorsqu'il la fit grimace, ouvrit la bouche grande,
Et me fit rire... Au cœur il venait d'être atteint !

AUBE A LA PRUSSIENNE.

Dans un moulin à vent aux bras tout vermoulus,
Nous sommes de grand'garde et nous veillons encor ;
Nous attendons que l'ombre ait fait place à l'aurore ;
Mais peut-être le jour ne reviendra-t-il plus !

Le soleil s'est couché derrière des talus ;
Au sommet des côteaux le jour se décolore ;
La nuit couvre la plaine ; aucune voix sonore
Ne tressaille, on n'entend nulle part l'Angelus.

La lune monte au ciel plein d'étoiles ; il gèle ;
La neige se durcit, notre gourde se fèle,
Tout frissonne, tout craque, et nous sommes transis !

Est-ce l'aube ? Une flamme ondoyante démasque
Et semble approfondir l'horizon indécis...
On voit, dans l'incendie, une pointe de casque !

PENSÉE FIXE.

———

Pourquoi songer sans cesse à la guerre fatale
Qui n'a favorisé que le peuple allemand ?
Évoquer notre honte et notre abaissement
Et les cruels succès de la force brutale ?

Est-ce que la fleur songe au parfum qu'elle exhale ?
L'astre qui nous éclaire à son rayonnement ?
La cloche qu'on ébranle à son bourdonnement ?
La tempête fougueuse à sa morne rafale ?

Est-ce que l'arbre songe au bruit qu'il fait dans l'air ?
L'ombre à son voile obscur ? La foudre à son éclair ?
L'onde amère à sa voix ? Le mort à sa statue ?

Lorsque l'honneur sacré de notre nation
Veut que le souvenir nous retrempe ou nous tue,
Qu'importe la nature ou la création ?

———

UNE HÉROINE.

A. P. AUCOUR.

Que Châteaudun soit fier d'avoir vu Laurentine
Allant de barricade en barricade, allant
A travers la mitraille et sur un sol sanglant,
Car il peut se vanter d'avoir une héroïne !

Les Français embusqués derrière une ruine,
Dans un tas de pavés, non loin d'un mur croulant,
Verront-ils arriver le sauvage Uhlan
Sans décharger sur lui chacun leur carabine ?

Il leur manque du plomb, qui leur en portera ?
Ils n'ont plus rien, qui donc les ravitaillera ?
Qui donc aura du cœur ? Une humble jeune fille.

Son père, pour la France, a bravé mille feux ;
Elle ira le rejoindre où l'on tue et fusille ;
Qu'importe si du plomb effleure ses cheveux ?

8

EN CHAMPAGNE.

Les deux cents francs-tireurs que les Prussiens ont pris
Vont subir un supplice horriblement atroce :
Il faut qu'ils fassent tous chacun leur propre fosse,
Et qu'ils y tombent morts, par les balles meurtris !

Ils ne se plaindront pas ; car ils sont aguerris
Contre les cruautés d'un ennemi féroce ;
Ils n'éprouveront pas la crainte vile et fausse
Que le cœur des poltrons inspire à leurs esprits !

A l'œuvre ! Le premier creuse un trou, large brèche
Qui l'engloutit ! Un autre aussitôt prend la bêche,
Couvre son compagnon, travaille et tombe aussi !

Parce qu'ils ont voulu défendre leur patrie.
Il faut qu'ils meurent tous et tombent tous ainsi !
La tombe du dernier sera seule flétrie !

OU CONDUIT LA GUERRE.

———

D'une ruelle obscure, infecte, impure, infâme,
Où le vice s'étale aux regards éhontés,
Trois jeunes cavaliers surgissent, agités,
Le désespoir au cœur et l'angoisse dans l'âme.

D'où venez-vous, amis ? — D'un repaire où la femme
S'avilit en vendant d'immondes voluptés.
— Ces plaisirs, cependant, vous les avez goûtés ?
— Non. — Qu'alliez-vous y faire ? — Essayer notre lame.

— Vous me dites cela d'une voix bien amère ?
— Moi, j'ai tué ma sœur. — Moi, mon indigne mère.
— Et moi, la femme à qui l'amour m'avait uni !

Le besoin les avait conduites dans ce bouge :
Elles manquaient de pain ! Maintenant, c'est fini,
Et demain notre sang rendra la terre rouge !

SURPRISE.

Tandis que l'ennemi les attend et les traque
Dans les sombres taillis où se cachent les siens,
Sur la route de Roye, aux environs d'Amiens,
D'intrépides marins se rendent à l'attaque.

L'air et le mouvement agitent leur casaque ;
L'éclair de leur fusil brille aux yeux des Prussiens ;
La bise emporte aux cieux leurs furtifs entretiens ;
Et sous leur pied léger la feuille morte craque.

A peine ils sont entrés dans un noir défilé,
Qu'une décharge ardente en leurs rangs a sifflé,
Et que plus des trois quarts des leurs jonchent la terre !

Ils grimpent à l'assaut, s'accrochent aux talus,
Atteignent le taillis où grondait un cratère,
Et regardent... Déjà les Prussiens n'y sont plus !

DOUBLE REGRET.

L'angoisse où je m'agite est d'autant plus cruelle
Qu'elle vient de la nuit où git mon frais printemps,
Du deuil de la patrie et de ses habitants,
Et de l'abaissement qui rejaillit sur elle.

L'évanouissement de la gloire infidèle
Qui rayonnait au front de tous nos combattants
Ne m'afflige pas moins que la perte d'un temps
Où mon cœur s'enivrait d'un parfum de murelle.

Soleil de ma jeunesse, astre de mes beaux jours,
L'ombre seule, en mon ciel, m'indique votre cours,
Et vous ne pouvez plus apaiser ma souffrance !

Grandeur de mon pays, vous renaîtrez encor;
Mais lorsque vous viendrez relever notre France
Pourrai-je, de ma tombe, admirer votre essor?

CAUCHEMAR.

Je tressaille et j'étouffe au sein de la nuit sombre
Où mon âme et mon cœur me replongent toujours !
De l'air pur ! des parfums ! des fleurs ! de riants jours !
Des rayons de soleils et d'étoiles sans nombre !

Quel sinistre concert retentit dans cette ombre !
Que de rauques clameurs ! de gémissements sourds !
Que le chant des oiseaux et la voix des amours
Fassent que dans l'oubli toute cette horreur sombre !

Qu'une mer aux flots purs lave ce sang cailleux
Dont l'aspect enténèbre et désole mes yeux !
Qu'une brise embaumée éloigne ces miasmes !

Que des feuillages verts flottent sur ces débris
Que semblent convulser d'épouvantables spasmes !
Que la nature entière étouffe tous ces cris !

CEUX QUE J'AIMAIS.

Combien de souvenirs douloureux et maussades
Envahissent mon cœur par la rage embrasé !
La guerre ne m'a pas seulement épuisé,
Elle m'a pris encor mes plus chers camarades !

O joyeux compagnons des folles escapades
D'un temps que ma mémoire a seule éternisé,
De votre amer destin le fil s'est-t-il brisé,
Et ne boirons-nous plus d'énivrantes rasades ?

Qu'êtes-vous devenus, mes fidèles amis ?
Etes-vous donc déjà pour toujours endormis,
Charles, Victor, François, Désiré, Jean-Baptiste ?

Forbach, Wœrth, Sedan, Metz, me répondent pour vous,
O vous dont le trépas m'exaspère et m'attriste ,
O vous dont le cadavre est rongé par les loups !

LES MALHEUREUX.

Presque tous les Français ont eu le sac au dos,
La cartouchière au flanc, le fusil sur l'épaule,
La haine pour compagne et la guerre pour pôle,
La victoire et l'honneur pour but de leurs travaux !

Beaucoup se sont rués, sans souci de leurs os,
Dans la mêlée ardente en vrais fils de la Gaule,
Non moins reconnaissants de jouer un beau rôle,
Que glorieux et fiers de mourir en héros !

Combien aussi n'ont pu remplir la même tâche !
Combien ont vainement porté la sabretache,
Demandé le combat, formé de nobles vœux !

Ainsi que des chevaux tournant dans le manége,
Combiens de citoyens aux bras prompts et nerveux
N'ont fait que patauger dans la boue et la neige !

CHAUVINISME.

Des spectres sans pitié nous troublent dans nos sommes,
Par des rêves de mort notre jour est hanté :
Tous les champs de bataille où nous avons été
Nous présentent toujours leurs sanglants hippodromes !

S'il est vrai que, sur terre, où tous, tant que nous sommes,
Il nous faut obéir à la fatalité,
Le souffle du malheur et de l'adversité
Epure, élève, éclaire et retrempe les hommes.

Notre cœur doit avoir une trempe de fer,
Notre âme doit avoir épuisé son enfer,
Et notre bras meurtri doit être apte à la lutte !

Nous avons supporté de si terribles coups,
Nous sommes relevés d'une si grande chute,
Que nous pouvons songer à la revanche, tous !

OU EST LE COURAGE.

On dit que le Français a perdu ce qu'il faut
Pour armer un fusil et brûler une bourre,
Qu'il ne sait plus lutter, qu'il faut qu'on le secoure,
Et qu'il n'est étoffé que pour faire un badaud !

Sur les champs de bataille altérés de sang chaud,
S'il faut qu'une énergique et sublime bravoure
Anime le Uhlan, l'héiduque ou le pandoure
Qui voit le succès poindre à la fin de l'assaut,

Combien ne faut-il pas de courage héroïque,
D'audace surhumaine et de vertu stoïque,
Pour affronter la guerre et son terrible effet,

Lorsque de vaincre encore on n'a plus l'espérance ?
Et voilà cependant ce que nous avons fait,
Pour relever le front de notre chère France !

ENFANTILLAGE.

Adossé contre mur, je regarde des yeux
L'espace, le ciel bleu, l'onde. les paysages.
L'astre du jour se couche. Au milieu des nuages,
Sa lumière voyage en jets capricieux.

Tout l'horizon s'emplit d'aspects mystérieux,
De bizarres profils, d'ondoyantes images ;
Des palais monstrueux, de féeriques mirages,
Des villes et des bois surgissent dans les cieux.

Mais j'ai beau regarder toutes ces silhouettes,
Ces fantômes de morts, ces formes de squelettes,
Je ne reconnais pas l'ombre de nos guerriers.

Je cherche en vain, parmi ces formes qui s'éveillent,
Des êtres entrevus dans nos feux meurtriers...
Le ciel désire donc que nos douleurs sommeillent ?

EN VOYANT DES MUTILES.

———

Ah ! si je dois mourir dans un champ de carnage,
Puissé-je être frappé directement au cœur,
Me dis-je, quand je songe au destin plein d'horreur
De ceux dont l'agonie a nargué le courage !

L'un s'est vu balafrer et meurtrir le visage,
L'autre a reçu dans l'œil la balle du vainqueur,
D'autres sont démembrés, d'autres ont la douleur
D'être tout disloqués à la fleur de leur âge !

Puissé-je ne jamais avoir les yeux crevés,
Les chairs en vils lambeaux, les deux bras enlevés,
S'il faut qu'un jour j'expire au milieu des batailles !

Puissé-je ne mourir que d'une prompte mort !
Puissé-je ne jamais voir pendre mes entrailles,
Et n'avoir pas le temps de maudire mon sort !

———

CRESCENDO.

A mon ami Ernest HUPIN

N'est-ce donc pas assez qu'un homme nous affronte
Et nous fasse subir un règne de vingt ans,
Faut-il que des revers fauchent nos combattants ?
Faut-il que l'étranger comme un troupeau nous compte ?

N'est-ce donc pas assez que la force nous dompte
Et déchire la France en lambeaux palpitants,
Faut-il que nous puissions exister dans un temps
Où se fasse une paix qui nous couvre de honte ?

N'est-ce donc pas assez d'avoir bu jusqu'au fond
La coupe où notre gloire à jamais se morfond,
Faut-il que nous ayons une guerre intestine ?

N'est-ce donc pas assez de nous couvrir de sang,
Faut-il que les partis, l'un l'autre s'agaçant,
Couvre de boue encor la Patrie en ruine ?

LES FIANCÉS.

L'air est plein de chansons et de parfums flottants,
Et la lune s'infiltre en molles clartés blanches
A travers les mouvants interstices des branches
D'arbres reverdissant au souffle du printemps.

Une femme aux doux yeux de dix-huit à vingt ans,
Distraite, l'œil voilé, les deux mains sur les hanches,
Dans un champ funéraire où poussent des pervenches,
Se promène, en songeant à nos chers combattants.

Un bruit l'arrête. Un homme apparait non loin d'elle.
D'où viens-tu? — D'Allemagne. — Es-tu blessé? — Ma belle,
Parlons de notre amour. — Comment, toi que j'aimais,

As-tu pu, sans combattre, aussi te laisser prendre ?
— Je fus brave. — Impossible ! — Embrassons-nous. — Jamais !
— Que veux-tu ? — Quelque preuve... — Où vois-tu mes bras
[pendre ?

DÉPART DES PRUSSIENS.

L'aube apparaît, du jour l'astre va s'éveiller ;
Tout veille, se recueille, et quelque chose effare
Les oiseaux ; en lançant sa dernière fanfare,
L'ennemi quitte un sol qu'il ne peut plus souiller !

Ses armes dans la brune ont cessé de briller ;
L'écho ne redit plus son chant rauque et barbare ;
Plus rien... De notre cœur l'espérance s'empare,
Un peu de joie enfin va nous émerveiller !

Hommes, femmes, enfants, pavoisent leurs demeures ;
La rue en un instant se remplit ; à des heures
Plus douces, chacun songe avec plus de fierté.

Un écho nous apporte une fanfare étrange,
Des bruits d'armes, des pas... France, c'est ta phalange
Qui revient en chantant la jeune liberté !

A LA VEILLÉE.

A l'ombre, dans les champs, lorsque l'été rayonne,
Sur le seuil, quand le merle a recouvré sa voix,
Aux lueurs du foyer, sous le chaume, aux temps froids,
Aux rayons du couchant, sous la treille, en automne,

Des raisins vendangés, des blés que l'on moissonne,
De la bise cruelle et de la fleur des bois,
Est-ce qu'on parle encor de même qu'autrefois ?
Ces choses aujourd'hui n'occupent plus personne.

Du travail de nos mains nous sommes oublieux ;
Nous ne racontons plus de contes merveilleux ;
Plus de récits grivois ne charment nos veillées !

Le spectre de la guerre inspire nos discours ;
L'ombre de nos malheurs erre dans les feuillées ;
Et la patrie en deuil nous apparait toujours !

UNE CONSOLATION.

Grâce à l'acharnement de ses hordes armées,
A leur perfide audace, à leur nombre fatal,
Le Prussien a roulé ses canons de métal,
Et lancé, sans péril, ses bombes enflammées.

Ses pieds plats ont foulé nos campagnes aimées,
Ses drapeaux ont flotté sur notre sol natal,
Nos échos ont redit son triomphe brutal;
Ces choses aujourd'hui sont toutes consommées !

Il peut se prévaloir de nous avoir pillés,
Volés, incendiés, massacrés, fusillés,
Se vanter de sa gloire aux vents de la planète !

Il nous a terrassés à coups de canon... mais
A-t-il pu nous combattre à coups de baïonnette ?
Jamais, à l'arme blanche, il n'a vaincu, jamais !

OBSESSION.

Quoique je puisse faire, entreprendre ou penser,
Toujours, obstinément, haine, tu m'accompagnes !
Tu brilles dans les yeux de toutes mes compagnes ;
Dans l'air et dans le ciel, je crois te voir passer.

Nature, vie ardente, effacez, effacez
Les vestiges de guerre empreints dans nos campagnes !
Couvrez d'arbres feuillus le front de nos montagnes !
Couvrez d'herbe les champs qu'il me faut traverser !

O faites qu'à toute heure, en quelque endroit que j'aille,
Je ne rencontre plus des débris de bataille,
Des ossements hideux et des tâches de sang !

Faites que nos revers ne laissent nulle trace,
Si vous voulez encor que l'amour florissant
Étouffe, dans mon cœur, la haine et la remplace !

RECUEILLEMENT.

Depuis que notre France a vu pâlir sa gloire,
Eprouvé des revers et subi des malheurs,
Elle écoute l'écho des poignantes douleurs
Et de tout ce qui peut réveiller sa mémoire.

De même qu'une veuve en butte à l'humeur noire,
Elle recherche l'ombre et dédaigne les fleurs.
Dans son plus gai sourire elle mêle des pleurs ;
Dans ses chants les plus doux elle évoque l'histoire.

Depuis que le désastre a ravagé ses bois,
Un retentissement d'armes vibre en sa voix,
Une plainte se mêle à l'air qu'elle respire.

Dans l'ombre qui descend des nuages du nord,
On dirait qu'elle entend sa grandeur qui soupire,
Et qu'elle voit errer le spectre de la mort !

DU COTÉ DE L'AURORE.

Le père de la vie et des belles journées
Peut inonder le ciel de resplendissements,
Eclater dans les fleurs et dans les diamants,
Et semer la lumière en brillantes trainées.

Elle songe, la France, aux plaines ruinées
Où hurlent aujourd'hui des soldats Allemands,
A la pauvre Lorraine, à l'Alsace, aux tourments
Qui naissent du destin des luttes acharnées.

Elle porte au flanc gauche, aux environs du cœur,
Une entaille où Shylok, son odieux vainqueur,
A pris, avec le sang, sa livre de chair fraiche.

Elle songe à sa plaie ainsi qu'un mutilé
Songe au bras qu'il perdit en montant sur la brèche,
Et regarde toujours vers l'Orient voilé.

LA LUNE.

Depuis que le destin de la dernière guerre
Nous a fait échouer contre un sanglant écueil,
On dirait que la lune est aussi dans le deuil,
Et que son faible jour est moins pur que naguère.

Depuis que le malheur nous étreint dans sa serre,
Depuis que des débris encombrent notre seuil,
On dirait qu'un cadavre entr'ouvre un noir cercueil,
Lorsqu'elle se révèle aux regards de la terre.

Le docte Pythagore, autrefois racontait
Que, des cœurs éloignés l'un de l'autre, elle était
Le miroir où venait s'inscrire leur pensée...

Peut-être qu'elle est triste en songeant aux adieux
Qu'il lui faudra garder... tant la terre glacée
Renferme de tombeaux ! tant la guerre a clos d'yeux !

AMOUR DE LA NUIT.

Oh! que j'aime les nuits lourdes et ténébreuses
Que prépare l'automne et qu'amène l'hiver,
Les colères du ciel, les rages de la mer,
Et tout ce que la terre a de choses affreuses,

Depuis que le soleil, les étoiles nombreuses,
Et les astres brillants de l'insondable éther,
Ont vu, sans se voiler, tomber l'arme de fer
Que brandissaient au feu nos troupes valeureuses,

Depuis que des maudits ont vendu notre honneur,
Et depuis que la honte, effroyable mineur,
Nous ronge, sans pitié, le cœur et les entrailles !

Car lorsqu'un rayon clair descend sur notre front,
Après tant de revers et de sombres batailles,
Il me semble qu'il vient pour montrer notre affront !

CE QU'IL Y A DE BEAU.

Il est beau d'éclairer la cervelle insensée
Qui recherche la nuit et repousse le jour,
D'aider un malheureux qui porte un poids trop lourd,
Et de vaincre l'erreur, quand elle est encensée;

Il est beau de s'aimer sans arrière-pensée,
Sans qu'un intérêt vil allume notre amour,
De détruire la route où la bassesse court,
Et de venger partout une femme offensée;

Il est beau de lutter pour le juste et le grand,
De chérir frère et sœur et d'aimer père et mère,
Même quand leur pouvoir nous rend la vie amère :

Mais il est bien plus beau de rester à son rang,
Ferme, indéracinable, à l'heure où la bataille
Fait bondir à nos pieds la bombe et la mitraille !

CONCLUSION.

A mon ami Gustave ROUSSELOT.

Je viens de parcourir le gouffre horrible, immense,
Où le vent orageux de la fatalité
A plongé le pays, navire démâté
Engouffré par les flots d'une mer en démence !

J'ai sondé son horreur, vu l'amère semence
Qui fermente en son sein aride et dévasté ;
J'en ai ressenti l'âpre et lourde cruauté,
Respiré l'air funeste et subi l'inclémence !

Mon âme en a gémi, mon cœur en a souffert,
Ma vie en a terni ce qu'elle avait de vert,
Et tout ce qu'elle avait de bonheur et de joie !

De même qu'un vautour que rien ne peut bannir,
Le malheur acharné sans relâche y tournoie !...
Pourtant j'ai vu l'espoir au fond... dans l'avenir ?

La Bassée, de Janvier à Mai 1871.

FIN

DU MÊME AUTEUR :

Dans un sentier, Comédie en un acte, en vers.

Le triomphe d'une impure, Drame en un acte, en vers.